帰還

探偵

調査

追想

迎撃

死闘

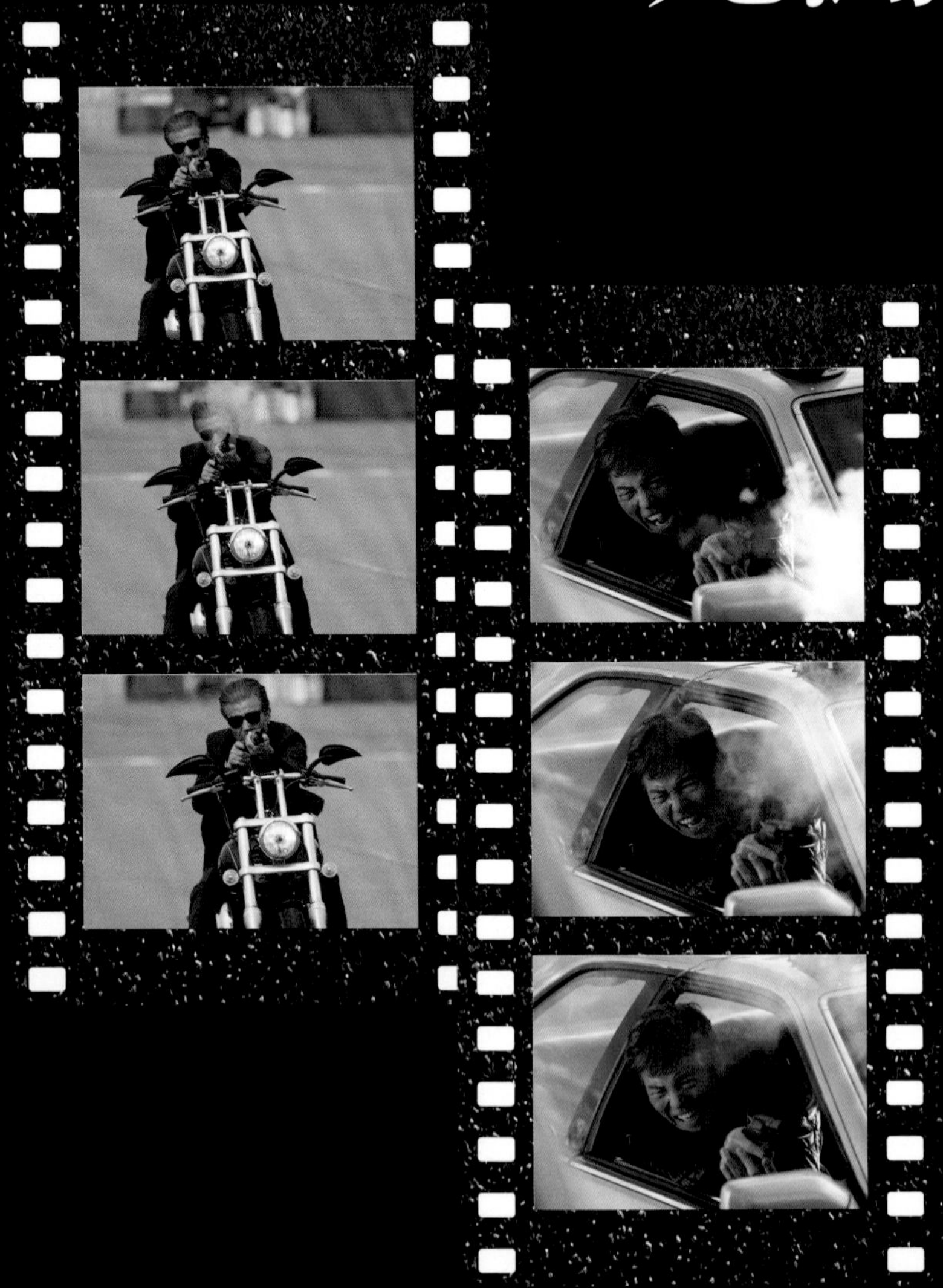

永遠

ノベライズ

帰ってきた あぶない刑事

ABUDEKA IS BACK.

近藤正岳

脚本／大川俊道　岡芳郎

KODANSHA

プロローグ

月明かりも星の瞬《またた》きもない夜――。

沖に浮かぶ人工島には、暖色系ライトに照らされてはいるものの渋く鈍色《にびいろ》に浮かび上がる石油化学プラント群が聳《そび》えている。太さの異なる鉄パイプがタンクとタンクを繋いで複雑に絡み合っている様子は、ＳＦ映画でよくある、人類が初めて到達した遥か銀河系の彼方に作られた宇宙基地に例えられることが多いが、見ようによってはジュラ紀における大型恐竜の心肺と大動脈の標本模型をも想起させた。

百メートルほども積み上げられた臓器の頂上からときおり吐き出される紅い炎が、雲に覆われた漆黒の天空を舐《な》める巨大な舌のように揺らめいている。

象の鼻桟橋から出航する横浜ナイトクルーズの中でも〈幻想ファクトリー巡り〉と名付けられた定員五〇人ほどの遊覧船が辿るコースの目玉は、京浜工業地帯に連なる建造物たちの奇怪なる有様を海上から眺められることだった。どのパイプがどのパイプに繋がっているのか見当がつかない、それでいてプラントが荒く息をするように稼働している熱量は感じることができるのだ。

そんな風景を見てツアー客たちは自分が生きていることを目の前にある無機物の塊で再確認させられてしまうのであろう。九月のまだ暑さが残る夜、涼を取りながら一時なりとも日常生活から抜け出す目的でツアーに参加したというのに。

今は深夜、そんな思いのツアー客たちを乗せたクルーズ船の姿はもはや海上にない。

男がひとり、そんなプラント工場が屹立《きつりつ》する人工島を遠くに見ながら対岸の埠頭《ふとう》に佇《たたず》んでいる。

ネクタイを緩めてワイシャツの袖をまくり上げた姿で、約束の時間が過ぎたのに相手が現れないことに苛立《いらだ》ちながら、何本目かのタバコを海に投げ捨て腕時計を見た。

表示は深夜二時を一〇分も過ぎていた。

時間厳守と連絡してきたのは向こうのほうだった。

一対一で、誰にも知られないところで会いたいと言ってきたのも向こうのほうだ。

そのとき、対岸のパイプたちが交錯している様子さえ鏡のように映し出すほど静かに凪《な》いだ海面が一瞬膨らんで、巨大な影が浮上してきた。男が目を凝らすと、ヴェールを被《かぶ》ったような流線形の頭部が、耳のようなものを突き出したまま水面を滑り、続いて尾鰭《おひれ》のようなものが見えてすぐにまた水に沈んだ。

一体何だったのだろう。

男にはそれが半人半魚のように見えた。この辺りに水生哺乳類が生息しているなどと聞いたことがない。

たった三杯だけ飲んですでに醒めているはずのブランデーフィズのせいか？

いやそんなことはない。ここまで何の問題もなく自分で車を運転してきたではないか。さらに念のため、頭をスッキリさせようとこうして深夜の外気に当たって酔いを醒ましているではないか。

男はタバコが切れてしまったので新しい箱を取りに車に戻ろうと海に背を向けて歩き出した。車に近づいたそのとき、後頭部に衝撃を感じた。

何者かに殴られて倒れ込むと、羽交締めにされ無理やり起こされて、サイドミラーとフロントノーズに激しく体を叩きつけられた。その反動を利用されて、人間とは思えない速さと力で背負い投げのような技で海に落とされた。埠頭から三メートルほど下に引き潮の加減で、水面下三〇センチくらいのところにある消波ブロックにしたたか左脛《すね》を打ちつけた。

他人事のようにこれは骨がやられたなと思った直後に激しい痛みを感じた。その痛みと共に襲ってきた恐怖の中にあっても、とりあえずは何とか水面に浮かび上がってブロックに体を寄せなければと思った。

しかし、黒い影が再び現れ、折れていないほうの足を引っ張られると、そのまま深いところに引き摺《ず》り込まれた。呼吸が激しく乱れて海水を大量に飲んでしまう。

遠のく意識の中で最後に男が見たものは走馬灯ではなく、水中ライトにほのかに照らされた、ヴェールを被った半魚人の顔だった。目が大きく、先が尖《とが》った特徴ある耳、口は裂けているようにも見えた。

　半魚人は男の体を包み込むように後ろから腕を絡ませて拘束すると、さらに海の底深くに潜行していった。

1

ニュージーランド最大の都市、オークランドは虹の街だ。

先程まで降っていた俄雨《にわかあめ》が上がると、二重の虹が東の空の低いところに美しく現れた。

その虹を超えてフォード・マスタングが宙を飛ぶ。

オークランドは坂の街でもある。

遠くにオークランドのシンボル、ダウンタウンのスカイタワーが見える。

猛スピードで急な坂道を下りてくるマスタングは、脇道との交差点が丁度スキージャンプ台の飛び出し口のような角度になっているので空中に浮いてしまうのだ。ましてや交差点を通過するときに加速しながら踏み切ったので車体は高々と空中に舞って、フロントバンパーを次なる坂道のアスファルトに擦《こす》って派手な音を立てながら着地した。

マスタングを追ってボルボのＳＵＶが迫っている。

二台の車はさらに傾斜が強くなった坂道を猛スピードで下りてくる。

銃声が聞こえると同時に、マスタングのリアウィンドウの隅に蜘蛛の巣のような亀裂が走る。

女の子の悲鳴が後部座席から上がった。

「ユージ、やっちゃおうか？」

鷹山敏樹《たかやまとしき》がまだまだ余裕のある声で追ってくる奴らに、握りしめたハンドガンで撃ち返していいか確認する。

「タカ、もうすぐゴールだぜ。我慢しろ」

大下勇次《おおしたゆうじ》はクラッチを踏み込むとギアをトップにぶち込み、これ以上被弾しないようにステアリングを細かく操ってマスタングを蛇行させた。

マスタングは映画『ブリット』復刻モデルだ。エグゾーストノートが幾分でかいのと、ご丁寧にスティーブ・マックイーンが乗っていたのと同じダークハイランドグリーンに塗装されているのはご愛嬌だ。荒馬が首を上下させるようにゆっくりと車体が揺れて力強く加速する。

年式が違ってもマスタングはマスタングだ。

「タカ、リディアは大丈夫か?」

「ああ、チャイルドシート並みに安全だ」

鷹山は大下に言われる前に座席を後ろに倒して後部座席に身を投げ出し、車がバウンドする拍子に女の子が天井に頭を打たないようにと左手で彼女の頭部を抱え込んでいる。そして鷹山の右手にはS《スミス》&W《アンドウェッソン》 M49ボディガードが握られている。私立探偵として拳銃所持許可証は取得済みだが、港署時代のようにやたらめったら発砲できるわけではない。ニュージーランドで発砲できるのは緊急事態に護身するときだけだから、法律を遵守して鷹山も自重しているのだ。というのは嘘で、いくら弾丸を使おうが検挙率さえアップすれば文句はないだろうと言ってのけられた刑事時代とは違うのだ。やたらに撃って、警察に目をつけられて仕事がしにくくなるのは極力避けねばならない。それに弾丸代は官費ではなく自腹だ。民間人としては何時も効率を考えねばならない。まあ今握っているのは他人の銃だから経費はかからないのだが。いや、そういう問題ではないか。

二人は私立探偵なのである。

そして、鷹山と大下の二人、女の子も含めて三人は逃走中だ。

『お前の娘リディアを誘拐した』

一昨日の朝、華僑でニュージーランド有数の大富豪ジョン・ブライアン・チャンの手元にあるいくつかの携帯電話のうちのひとつを鳴らした犯人が言った。家族にも知らせていないし、ビジネスパートナーのなかでもごくわずかな人間しか番号を知らない、しかも定期的に番号を変更している特別なスマホだ。要するにチャンからかけることはできるが相手から連絡を取ることはほぼできない。

そのスマホに、ボイスチェンジャーを通した声で脅迫電話がかかってきたところから〝事件《こと》〟は始まった。

『警察に知らせたら娘の命はない。四八時間以内に二〇〇〇万ニュージーランドドルを用意せよ。そちらの通信と警備システムはハッキング可能だ。このプライベートナンバーさえも簡単に調べることができる能力を我々は備えているということだ。この通話も発信地を逆探知するだけ無駄だ』

この脅迫に娘リディアを溺愛しているチャンはあっさり屈し、犯人の要求を即刻受け容れた。ちなみに身代金は日本円にすると今のレートで一八億円くらいの金額である。

チャンは『日本人はきっちりと仕事をこなしてくれるし、金にも汚くない。ただし集団になったら気を付けろ』という、太平洋戦争の直前までオーストラリアで日本人と組んで貿易ビジネスを大成功させた亡き曽祖父の言葉を改めて思い出していた。だからチャンも自分の会社では要職に優秀な日本人部下を何人か配していた。アメリカのテレビドラマ『グリーン・ホーネット』の探偵助手兼運転手カトーは李小龍《ブルース・リー》が演じていたけれど日本人の設定だ。

ということで、オークランドで探偵事務所を開設して六年以上、日本人やアジア系のクライアントをメインにその仕事ぶりで信用を築いてきた鷹山と大下の二人に白羽の矢が立てられたのだ。

その日の夕方、二人がオークランド郊外にあるフランスの古城を思わせる石造りの堅牢な豪邸に呼び出される少し前、犯人はさらに電話で指示をよこしたという。

『身代金の半分は現金で用意しろ。指定の場所で受け取ることができれば、そこで娘と電話で会話させてやる。現金と私たちの安全が確保できたら残りの半分は後で教える仮想通貨の指定口座に振り込め。そうしたら娘リディアはすぐに解放する』

一方で、チャンは日本人だけをひたすら信用しているわけではなかった。ニュージーランド軍特殊部隊に所属していた元軍人や、オセアニア地区でアメリカ中央情報局《CIA》の下働きをしている連中のなかで信用のおける筋にも娘の保護を依頼していた。

当たる可能性がある馬券はすべて押さえる。ギャンブルは金を持っている奴が最終的には勝つというのが常識だ。

二人はもちろん自分たちを競走馬とは思わなかったが、マカロニウエスタンでクリント・イーストウッドが演じた数々の賞金稼ぎくらいには思っていた。いずれにせよ、ライバルたちよりも早くゴール板を駆け抜け、いや、富豪の娘を確保しなくてはならなかった。

そんな裏事情は端《はな》からわかりつつも、鷹山と大下は舞踏会に参加するかのごとく一番お気に入りのスーツを着てお城に参上した。クライアントと会うときには身なりをきちんとするというのがタカ&ユージ探偵事務所のモットーである。ロバート・アルトマン監督の映画版『ロング・グッドバイ』に出てくるフィリップ・マーロウを演じたエリオット・グールドでさえネクタイは締めている。

『身代金がどうなっても構わないから娘を無事に、あらゆる意味で〝傷物〟にされていない状態で、保護してほしい』

鷹山と大下への依頼条件には、二日後の、すなわち本日の午後六時までにヨットハーバーのプライベートクルーザーに娘を連れてきてほしいということが加えられた。与えられた時間は四八時間、というわけだ。大抵の誘拐事案はその時間が過ぎると悲惨な結果に終わっているという過去の事実をチャンは知っているのだ。

そこまでの事情を聞いて、それほどコンピューター関連のハイテクに長《た》けている犯人ではないと二人は直感した。なぜなら犯人が誇るような超高度なハッキングのテクニックを持っているのであれば、莫大なチャン自身の財産あるいは運営する会社の資産を管理するコンピューターに侵入して大金を騙し盗る方法はいくらでもあるはずだ。だからチャン周辺の会社か家庭の内部事情が絡んだ犯行である可能性が高い。実際に動く実行犯は今流行《はや》りのネットにおける闇バイトに応募してきた連中で、オレオレ詐欺の「出し子」的な存在に過ぎないと読んだ。貧者が賭けに勝つには一点張りしかない。

二人はこの推理に賭けることに決めた。

まずはリディアの素行とチャン家の家族関係を洗うことから始めた。

高校生のリディアが背伸びして夜遊びしまくっているという同級生への聞き込みから、どうやら前妻の子である年の離れた兄のジェフ・チャンが誘拐に関与していることがわかってくる。ジェフはパパ・チャンとは折り合いが悪く、実業界で後継になることを嫌って自称クラブミュージシャンとして自由な生活を送っている。そして、リディアはジェフがプレイしているダウンタウン界隈のクラブで流通している薬《ヤク》に手を出してかなりの額の借金を抱えている、との情報を手に入れた。ジェフはミュージシャンだけでは食えなくて麻薬のプッシャーの手引きもしているらしい。よくある話だ。

そこまでに、ひと晩と数時間。

昼過ぎにジェフがガールフレンドのアパートメントから出てきたところを拉致《らち》って、車に押し込んだ。法律に触れない程度に脅して手っ取り早くジェフをこちらに取り込むつもりだった。抵抗するジェフを前に、大下がグローブボックスから刃渡り三〇センチの模擬刀を取り出した。

「日本人の探偵は依頼主のためならヤクザがやるように相手の小指をドスで切り落とすこともあるって聞いたことある？　滅多にはないけど、ときどきはある。タカ、うまく訳してくれ」

大下の英語は日常会話には不自由しないもののニュアンスが伝わりにくい文章のときには鷹山が通訳となった。

『こいつは日本にいたときはヤクザだったので、すぐに小指を切りたがる。下手な答えならギターはもう弾けなくなる』

と鷹山が英語で言う。

「ということだ」と大下が睨《にら》みつけるとジェフは完落ちして、すべて吐いた。

案の定、誘拐実行犯たちは闇サイトで募集して、そいつらを使ってあらかじめリディアが調べておいたチャンのスマホに連絡させた。実行犯には人質を傷つけたらお前たちの分け前がなくなるどころか、お前たちの命が尽きるまで組織の追っ手が回収に向かうと脅してあるので、彼らはリディアに手を出すことなく安全なはずだと言う。身代金の受け取り方なども細部はリディアが考えた計画だ。

読みは的中した。

やっぱり近くに犯人がいて、しかも狂言誘拐だった。現状はというと、インターネットで雇った本気の実行犯たちは律儀に身代金を受け取る準備をして、郊外のキャンプ場にある山小屋《キャビン》にリディアを監禁していて、そいつらの扱いに困り始めているとのジェフの愚痴も聞いた。

統率されていない犯罪グループを相手にするときは強い相手に臨む以上に注意を払わなければならない。予期せぬ事態が起こる可能性が高くなるからだ。

『このまま俺たちが、これはリディアが計画した狂言誘拐でなく、君が仕組んだ本気の誘拐だ、と証言したら多分一〇年は喰らうだろう。薬のこともあるし当分出てこられない。ちなみにニュージーランドの刑務所の飯は臭いのかい？』

鷹山の質問は、ジェフの青白い顔をさらに真っ青にさせた。

『俺たちの言う通りにすれば、大丈夫だ』

言いながら、大下はドスを鞘《さや》に収めた。

そこまででさらに半日。

そして、豪邸に出向き状況をチャンに報告した。もちろん実行犯の動きだけを説明して、その裏にジェフとリディアというあなたの子供たちが関係しているかもしれないなどという〝未確定〟の情報など一切知らせずに。

すぐに身代金の現金分一〇〇〇万ニュージーランドドルが馬鹿でかいボストンバッグ四つに詰められ用意された。

『くれぐれも、リディアの命を優先させてくれ。無事に彼女が戻れば君たちにはきちんと報酬を支払わせてもらう』

と綺麗な英国風の英語で唇を震わせて真剣に頼むチャンを見て、この誘拐はその娘が仕組んだ狂言だとは口が裂けても言えないと、改めて二人は思った。渡されたボストンバッグは肩が外れそうなほど重かった。しかし、娘の命が地球より重いチャンにとっては、取るに足らない重量なのだろう。

その感覚は娘のいない鷹山と大下には到底実感できなかった。

「男にとって娘とはそれほど愛らしい存在なのだろうか？」

鷹山と大下はキャビン近くの森の中の指定された場所に、犯人がナンバーまで指定してきたチャン家のエステートワゴンで乗りつけた。邸宅で使用している数十台のナンバーと車種までも知られているということでチャンの周辺は慄《おのの》いていたが、カラクリをわかっている鷹山と大下はそれを聞いてもクールな対応をしたので、さすが冷静だとチャンに褒められて一瞬居心地の悪さを感じた。

そこは一〇メートルほど下を、音を立てて流れている渓流に架けられた、長さ二〇メートル、幅の狭い橋だった。三〇センチほどしかない橋の欄干《らんかん》に括《くく》りつけられた封筒の中の手紙には、

『置かれている麻袋に札束を詰め替えて橋から川に落として直ぐに立ち去れ』

と書かれていた。

ボストンバッグに仕込まれているＧＰＳなどの余計なものを持ち帰らないためのマニュアル通りの対策だ。こちらの様子を実行犯たちはどこからか見ているはずだ。指示どおりにキャスター付きの麻袋に現金を詰め替え川に落とした。鷹山と大下は、車をＵターンさせて帰路に就いたと見せかけ、迂回路を経て人質リディアのいるキャビンを見下ろせる近くの高台に向かった。実行犯はまさかジェフが喋ってしまったことなど知らないので、当然自分たちがキャビンをアジトにしていることは誰にも知られていないと思っている。

キャビンは小ぢんまりとしていた。樹齢一〇〇年以上もある太い樹々に囲まれ森に溶け込むように建っていて周辺には何もなかった。一階に窓が一つ、二階に小さな窓が二つ並んでいる。おそらく二階のどこかに人質になっているリディアが幽閉されていると思われる。キャビンの前庭には駐車スペースがあり、そこにはフォード・マスタングが一台置かれている。他に車両はない。

「身代金がどうでもいいんなら、リディアを早く救出しようぜ」

「中の様子がわからないから一気には無理だ」

一気が身上の大下だったが、娘の命がかかっているため慎重にならざるを得なかった。

どうするか迷いながら、鷹山が双眼鏡を覗《のぞ》いてキャビンの様子を確認していると、ボルボのＳＵＶがキャビンに繋がる林道をやってきた。実行犯たちがピックアップした金を積んだ車のはずだ。

鷹山と大下はリディアの居場所と実行犯チームの全容を確認するために様子を見ることにした。リディアとジェフが集めた人数以上に実行犯たちが勝手に大人数に編成替えしている可能性もある。

ボルボから降り立った二人は白人の中年男性で、一方がスキンヘッド、もう一方が短髪に髭を蓄えている。車から降りてほっとした様子でジャケットを脱ぐと、いずれも鍛え抜いた肉体を持っているのがTシャツの胸の厚みからわかる。二人ともベルトに拳銃を挿していた。二人は拳銃を外すとマスタングのグローブボックスにしまった。

軍か警察で実務経験があるのかもしれない。なぜなら拳銃の取り扱いや立ち居振る舞いがきちんとしていて、裏社会の人間特有のどこかだらしない風情を感じさせなかったからだ。ご同業筋かどうかはすぐにわかるものだ。もちろん警察にも軍隊にも規格から外れた〝あぶない〟奴はいる。他人《ひと》のことは言えないが。

二人はボルボから停めてあるマスタングのトランクに、現金が入った麻袋を詰め替え始めた。ボルボにはショットガンが数挺積まれているのが見える。

「あんなに銃持って西部劇ごっこでもやるつもりか？」

「おっとセミオートのマシンガンも見えるぜ、タカ」

ニュージーランドは羊が多いことで有名だが、銃器の所有率も地球上で最も高い国のひとつだ。だが羊が人を滅多に襲わないように、銃による犯罪も稀《まれ》である。アメリカとは違って治安の良さを誇っている。実行犯たちは羊には見えなかった。

キャビンから出てきて二人を出迎えた第三の男は、デスクワークが似合う感じの、今どきの倦怠感をまとっている肌の浅黒い若い男だった。リディアの監視役をしていたのだろう。

人数はこれだけか？

もうすぐ、五時になる。チャンに指定されたリミットまで約一時間。

ジェフによると身代金の最初の半分は実行犯が受け取り、残り半分はキャビンにリディアと共に残して、実行犯が去った後でリディアを解放し、現金をジェフが回収するという計画だった。

ジェフは後から受け取ると要求している仮想通貨のことは最初からどうでもいいと思っていた。アシがつくとヤバいし、身代金の半分の半分の五〇〇万ドルもあれば借金を返したいリディアと、さらに山分けしても当分遊んで暮らせると自白していた。これもリディアが考えたことかもしれないが。

ところが、というか予想できたことだが、リディアという金の卵を産むアヒルの身柄を押さえている実行犯たちが「こんなに易々と身代金を手に入れることができるのであれば、さらなる現金の上積みを要求しない手はない」と考えるのは当然だろう。

ジェフから指示されて連絡するように言われたチャンのプライベート番号は既に手に入れているのだから、姿を見せない指示役にこれ以上従う道理はない。人質も身代金全額も自分たちが握っているわけだ。ロイヤルストレートフラッシュが揃った手札をチェンジする馬鹿はいない。チャンを相手にどんどんチップを積み上げて勝負ができるのだ。

実行犯のスキンヘッドは出迎えた若い男をいきなり殴って失神させると手足を縛って地面に転がした。見張りだけやっている若造に分け前をやる必要もないということか。多分中年男二人は顔見知りで、若いのは「初めまして」だろう。

一方、髭面が麻袋を頭から被せられて後ろ手に縛られた女性をキャビンから連れ出してきた。鷹山と大下は顔を見合わせた。昨日見せられた写真通りか確かめようがないが、あれがリディアだ。

当のリディアらしき人物は手足をジタバタさせて混乱している様子だった。抵抗虚しくマスタングの後部座席に押し込められてドアをロックされた。自分が書いた筋書きどおり事件《こと》は運んでいないのがわかったからだろう。本来ならば身代金の半額が残され、ここで解放されるはずなのだ。

キャビンからはもう誰も出てこなかった。

「あらら、予想通りの展開ってやつ？」

「だな。ともかくあのレディを救出だ」

誘拐犯二人は協力して倒れた若い男をキャビンの中に運ぼうとしていた。手が塞《ふさ》がっている。

今か？

すると、作業途中でスキンヘッドが若い男を放り出し、キャビンからワインボトルとグラスを持って戻ってきた。

『ワインで祝杯だ』

「誘拐犯にしてはどうも余裕ありすぎだし洒落《しゃれ》すぎているな」

と思いながら、鷹山と大下は犯人から死角になっている斜面を静かに下りた。スキンヘッドと髭面がボトルのコルクを抜いてグラスにワインを注いでいる隙に車の陰まで接近し、グラスの音を高々と響かせて乾杯し、美味しそうにワインを喉に流し込んでいるときに、車に乗り込みエンジンをかけドアを閉めた。

誘拐犯が勝利の美酒を味わえたのはその瞬間までだった。

マスタングが猛スピードで林道を遠ざかっていくのを、誘拐犯の二人はグラスを掲げて呆けたように眺めていた。勝利のワインが口の中でほろ苦い味に変わるまで二秒とかからなかった。

我に返った誘拐犯たちは手にしたグラスを放り投げてボルボに走った。

大下がマスタングを巧みに操って山道を猛スピードで駆け抜ける。鷹山がリディアの頭に被せられた麻袋を外して猿轡《さるぐつわ》を解き、怪我がないかを確かめた。

『あなたたち何者?』

助けてもらった感謝より自分の計画通りに事が運んでいないことを不満に思っている物言いのリディアだった。

『我々は私立探偵だ』と鷹山。

『君のパパが依頼人』と大下。

人質も身代金も無事である。

鷹山がグローブボックスを探るとＳ＆Ｗのリボルバーが二挺入っていた。


――で、逃げているのだ。


マスタングは車体を上下に揺らして、坂の途中の脇道に入るために反対車線にはみ出しながら歩道の敷石を掠《かす》めてスレスレで左に曲がる。今度はステアリングを大きく右に切ってシフトダウンせずにさらに坂道を下りていく。日本と同じ左側通行なので、大下のあぶなくて華麗な運転技術はオークランドの街中でもいかんなく発揮された。交差点に入ってくる車をかろうじて躱《かわ》しながら直線に入ってアクセルをさらに踏み込んだ。それを追ってくる足回りの良さそうなボルボのＳＵＶが信号を無視して最短コースでコーナリングしてくる。

さらに大きな交差点を左折した瞬間、運転席側の左ドアに被弾し、衝撃が大下のシートまで伝わる。

「タカ何やってんだよ、正当防衛だ」と大下は前言を撤回。

「ＯＫユージ」

鷹山はリアウィンドウに向けて発砲する。残っていたガラスは吹き飛んで視界が広くなったぶん、相手からも丸見えのターゲットとなる。

リディアの叫び声が泣き声に変わったが、『落ち着いて、大丈夫だから』と声をかけながら鷹山はボルボのタイヤに狙いを定めて撃つ。弾丸はマスタングが丁度バウンドしたタイミングでボルボのフロントランプを破壊しただけに終わった。

実行犯の車からは運転席と助手席両方の窓から身を乗り出して撃ってくるので、鷹山一人では不利だ。しかしまだマスタングは走行不能になるほどの致命傷は喰らっていない。

港に近く幹線道路からは外れているので交通量の少ない地域であるとはいえ、夕方の首都は銃撃戦で大混乱し始めた。誰かが通報したのか、まあこの事態が尋常でないのは誰の目にも明らかで、遠くからパトカーの音も聞こえてくる。

二台の車がもつれるように坂道を下り切る。海岸通りに出てマスタングはスピードを上げた。

〝ゴール〟はもうすぐだ。

敵の銃撃がさらに激しくなって鷹山が発砲と待避を繰り返しながら応戦する。後部座席の下に身を隠して攻撃を躱したとき、ボルボからの銃声のトーンが変わった。衝撃が来る。セミオートマシンガンを使いやがった。泣き叫んでいたリディアが気を失って静かになった。鷹山が確認するが外傷はない。狂言誘拐なんてロクなもんじゃないことを少しは感じているだろうか。次の瞬間、二度目の衝撃で後部トランクの蓋が吹き飛んだ。

「撃ちやすくなったぜ！」

鷹山は後部座席から起き上がり、狙いを定めて両手にリボルバーを構えて撃ちまくった。弾は右側の窓から身を乗り出している髭面男の右肩を貫通し、男はマシンガンを落とした。道路の中央で数回転して動かなくなったマシンガンの周辺にチラチラと舞い落ちる紙片が鷹山の目に入った。

「あら」

後部トランクに積まれた麻袋が破れたのだ。

びっしりと入っていた札束を撒き散らしながらもマスタングは海沿いの道をなんとか走っている。

「ユージ、身代金が！」

「何やってんだよ、タカ。成功報酬が減っちまうじゃないか」

大下も鷹山もお互い考えていることはもうわかっている。身代金には関係なく、娘を無事に戻してくれたらミッションコンプリートとチャンは喜んでくれるであろう。そこに身代金まで無事に回収できたらボーナスとして成功報酬に上乗せされるのは確実だ。どうせ税務署には内緒の金であろう。

スキンヘッドがボルボをマスタングの横っ面にぶつけてくる。ガソリンの臭いが車内に充満する。

きっとさっきのマシンガン攻撃で漏れているのだ。

ヤバいと感じた大下は急ブレーキを踏んでボルボをパスさせ、ハンドルを切りスピンターンでマスタングを方向転換させた。ボルボも強烈な音でタイヤを鳴らして方向を変えてチェイスが再開された。

オークランドは帆の街《シティ・オブ・セイル》とも呼ばれている。

ヨットハーバーには沢山のヨットが係留され、白波のようにヨットの帆が水平線に連なっている。

そんな美しい風景を横目に海岸通りから埠頭地区に入った二台の車のチェイスは激しさを増していた。互いに車体をぶつけ合うと、気絶していたリディアが目を覚まして再び悲鳴を上げる。おまけにオークランド市警察のパトカーも次々と合流してくる。警察にはこちらの詳しいいきさつは知られたくないのだが、もはや事態は大事件に発展しつつある。

スキンヘッドの運転はなかなかのものだが、マスタングを操る大下には敵《かな》わない。どんどん敵を引き離しにかかる。助手席の髭面が撃たれて、使い物にならない右腕を庇《かば》いながら必死になってリボルバーをぶっ放してくる。雇われ誘拐犯にしては銃器のオンパレードだ。

弾丸はトランクの中の麻袋に着弾している。分厚い札束はちょっとした防弾にはなるのだが、ニュージーランドドル札がさらに派手に宙に舞い上がるという結果になっている。

ついに左後ろのタイヤに着弾して激しい音を立ててバーストするが、大下は巧みにステアリングを操作してタイヤホイールでなんとか走行する。

「タイヤがなくてもマスタングはマスタングさ」

大下は嘯《うそぶ》くがすぐに追いつかれた。

鷹山がもはや何もなくなったリアウィンドウから狙いを定めてトリガーを絞ると、お返しとばかりにボルボのタイヤが被弾し車体はグラリと傾く、そのタイミングで大下が急ブレーキをかけてマスタングをボルボの脇腹に体当たりさせた。ボルボは方向を失ったまま埠頭から放物線を描いて海に落ちていった。

沈んでいく車からかろうじて脱出した実行犯たちを尻目に、マスタングはホイールだけでアスファルトに火花を散らしながら走り続けた。約束の地であるチャンの豪華クルーザーが停泊している指定の埠頭入り口にようやくたどり着いた。

すると黒塗りのニッサン車が脇道から反対側の車線に躍り出て、助手席から銃を撃ってくる。新たな敵だ。鷹山は応戦して残った弾を撃ちまくる。敵の車のタイヤに着弾するとバランスを崩して近くの壁にぶつかって止まり、すぐに見えなくなった。どうせチャンが雇った別の賞金稼ぎが金目当てにやってきたのだろう。途中はどうあれ最後にクルーザーにリディアを連れていったやつがギャラをもらえるという考えの奴らだろう。

『そこの銀行強盗。車を止めろ』

大破した黒塗りニッサン車の後から、猛スピードでサイレンを鳴らしながら接近してきたのはこれまたニッサンのGT-Rの覆面車だった。

「警察？」

「出番はないのにご苦労さん」

鷹山も覆面パトカーとの銃撃戦は躊躇《ためら》った。

その瞬間、助手席から出てきたマグナムの銃口が火を吹き、マスタングのタイヤホイールは一発で破壊された。

さすがのマスタングも脚を痛めた荒馬のように速度が一気に落ちた。トランクから煙が出て焦げ臭い。一部の身代金が焼けてしまっているようだ。それでもなお走り続けて、もうほんの一〇〇メートルでチャンのプライベート埠頭《バース》までの地点にたどり着いた。

その隙に数台のパトカーがマスタングの周りを取り囲んだ。カウボーイの集団が統率された動きで縄を投げて荒馬を鎮めるように。

パトカーたちが速度を落としマスタングは停止した。

大下はギアをニュートラルにして、コクピットで背伸びをした。

ここならチャンのクルーザーまで歩いていける。

「ミッションコンプリート。おまわりさんたちのオマケ付きだけど」

と鷹山に笑いかけた。

『もう大丈夫』

と鷹山はリディアに優しく微笑んだ。

二人とも彼女がこの馬鹿げた狂言誘拐の首謀者であることはわかっているけれど。

まだ、後ろの札束が燻《くすぶ》っているマスタングから降り立つ三人を、取り囲んだ五台のパトカーから

一〇人以上の制服警察官が飛び出して、それぞれ銃口を鷹山と大下に向けた
『フリーズ。拳銃をゆっくり下ろして下に置け。そして、その娘から離れろ』と警官。

「タカ〜、このポリスマンたち何か大きな勘違いをしてるみたいよ」

『俺たちは私立探偵だ。彼女は誘拐事件の人質で、あそこで水遊びをしているのが誘拐犯』

と鷹山が英語で説明する。

『とりあえず警察署まで来てもらおう。銀行強盗犯が金をばら撒きながら逃走しているという通報が入って、駆けつけてみれば覆面車が発砲された。拳銃の所持許可証は持っているのか？　しかも無差別に人に向けて発砲している』

『彼女の命を救うための緊急事態だった。ハンドガンも自分たちのものではなく車に積んであったものだ。少しの間、拝借しただけさ。弾丸はちゃんと撃って返したよ』

ジョークのセンスがないのか、警官たちは二人から拳銃の照準を外すことはなかった。

仕方なく鷹山がトリガーに指がかかっていないところを見せながら地面に拳銃を置くと、勇敢そうな若い警察官が二人からリディアを引き離そうとした。

反射的に大下がリディアを庇うように警官との間に立ちはだかった。

さらに警官が強引にリディアを引き離そうとしたので、リディアが悲鳴をあげた。

大下は咄嗟《とっさ》に警官の顎にショートフックを当てた。若い警官が膝から崩れ落ちたので、色めきだっ

た他の警官が大下を押さえ込もうと詰め寄った。

そのとき、後方で何かが弾《はじ》けるような破裂音がした。

「あら、引火した?」

『あぶない、早く離れろ』と鷹山が指示した瞬間、マスタングが炎をあげトランクの札束が弾け飛んだ。

美しいハーバーにかかった虹を背景に、燃えながら舞い落ちてくる札。

花吹雪のように、さらに札、札。

そんなシュールな光景を鷹山と大下はしばし眺めていた。

ハッと気づいた大下が叫ぶ。

「ぼーっとしていないで早く消せよ、コラ。俺たちの報奨金なんだ!」

「綺麗に燃えてるな」

鷹山はポツリと口にした。

大下は慌てて叫んだ。

『消火器でも、消防車でも、すぐに持ってこいよ!』

二人には手錠が打たれ、消防車でなく護送車が呼ばれた。

2

久しぶりの日本。そして、二人は埠頭に立っている。

「横浜だな、タカ」

「ああ」

鷹山は横浜の灯を見ながら呟くように大下に応えたが、言葉が続かなかった。

帰国後、数日間は荷物の片付けに時間を費やした。

まだまだ落ち着いてはいないが。

それでもこうして昔の女みたいな横浜とじっくりデートする時間を作ることに関しては、照れ臭さを隠すために雑務を言い訳にしたということではないが、少しの間我慢していた二人だった。溜め込んだ思いをこの週末、車に乗って初めて二〇二四年の横浜をドライブして回ることで発散させた。元港署刑事のナカさんこと田中文男《たなかふみお》に「車はカブリオレに」と頼んであったのは、こうして横浜に満ちている香りを満喫するためだ。

ＢＭＷの屋根をオープンにして山下公園、マリンタワー、元町、港の見える丘公園、根岸、本牧、引き返して大さん橋、日本大通り、横浜スタジアム、中華街、ぐるっと回ってコスモワールド、赤レンガ倉庫——、夕方の海風に当たりながら行き当たりばったりで走った。ただただ走り続けた。

この八年で変わったところも変わらないところもすべて横浜は自分たちのことを迎え入れてくれて

いると思う、いやそう思いたい。やはりそれだけこの街に愛着があるのだと改めて思う二人だった。

そして、陽が沈み、海に来た。

二人が南半球に行っている間にできあがった新しい埠頭、ハンマーヘッドに車を停めた。

鷹山はコートに風を孕《はら》ませて埠頭の先端までゆっくりと歩く。

今日最後に出航していく船の汽笛が、最初は短く、そして長く長く響く。

大下はその音に合わせて戯《たわむ》れにステップを踏んでみた。

整備された公園と公園の間が遊歩道で繋がっている小さな入江の対岸には、みなとみらい地区が見える。もしかしたらあそこが前とは一番変わった地域かもしれない。ビル群が高さを競っている。それらは企業のロゴを冠したハイテクオフィスビルであり、高級なタワーマンションであり、外国系資本のラグジュアリーホテルであった。

前から好意を寄せていた女性が、真新しいドレスの裾を気にしながらも真っ直ぐ自分に向き直ってはにかんでみせたときに幸福感を感じない奴はいないだろう。今二人はそんな幸福感を味わっている。

鷹山は顔に当たる夜風を感じ、大下はストレッチやゴルフのシャドウスイングをして体を動かしながら、懐かしくて新しい横浜を眺めていた。

ひときわ目立つ形でインターコンチネンタルホテルが海に向かって帆を広げている。そのマストに当たる垂直に空へ伸びた部分の頂上部に、「みちびき」という翼を持った女神がいる。海を航行する船舶を安全に導くというその女神像を見つけることができた者は幸福に導かれるとも言われている。

鷹山も大下も自分たちの新しい生活の船出を女神に導いてほしいと少しの間祈った。

「帰ってきちゃったね」

「ああ」

「タカがもう少し冷静でいたら、まだニュージーランドだった」

「何言ってんだ、お前が警官殴るから」

「タカだって覆面車に向かってバンバン撃って、大破させたじゃねえか」

「俺たちのこと銀行強盗だって間違ったのはアイツらだぜ」

「だからって」

言い争いながら、次第に笑顔になっていく二人だった。

「でも楽しかった」

「ああ、ゴルフもたくさんできたし」

「ワインもたくさん飲んだしね」

鷹山がみなとみらいとは反対側に目を向けると、ハンマーヘッドの名前の由来になった金槌型をした港湾荷役専用クレーンのモニュメントがあり、その向こうにビジター埠頭《バース》が見える。

世の中には豪華大型クルーズ船で世界中の都市を海伝いに巡る旅を楽しむ富裕層がいる。そんなそこそこの金持ちたちが客船の旅程に縛られるのを尻目に、所有しているプライベートクルーザーで自由に大海原を行き来する超リッチな人々もさらに存在するのだ。そんな粋人たちが誇る何隻かの大型クルーザーでビジター埠頭はすでにいっぱいになっている。そのせいか、普段は高層マンションを寝そべらしたような巨大豪華クルーズ船しか接岸しない九号バースに特別に艀《はしけ》が設けられていて、一〇〇フィート級のクルーザーが一隻停泊している。

白と紺のどちらかというとクラシカルなパリのプチホテルのような佇まいの船尾にはＩｎｄｉｇｏ《インディゴ》と船名が記され、Ｑ〈Ｑｕｅｂｅｃ《ケベック》〉旗と呼ばれる黄色の国際信号旗が船籍国旗の隣に掲揚されている。その旗の意味は乗船者全員が心身安全で上陸を要請しているということである。当局職員が乗り込んでパスポートコントロールや検疫チェックを行っているのだろう。

鷹山と大下がニュージーランドで毎年一ヵ月ほど夏季バカンスをとって南島やフィジーまでヨットで巡った旅を思い出していたとき、船長と思《おぼ》しきクルーに手を振りながらひと組の男女がインディゴ号から降りてくるのが目に入った。

男はキャメルのコートに同色の帽子を目深に被って表情は読み取れない。女は高いヒールの靴音が刻む、ゆったりとしたリズムに合わせて黒いロングコートの裾を風に靡《なび》かせている。二人ともキャスター付きの小さなキャリーバッグを引き、大きなスーツケースは迎えに来た白い手袋を着けた運転手に任せている。

埠頭の灯りがスポットライトのようにアスファルトの一角を強く照らす場所に来たとき、海風に吹かれて乱れたショートの髪を手櫛《てぐし》で整えた女の顔がはっきりと見えた。

一瞬視線が合った、と鷹山には思えた。

見覚えがあるような、いやそうではないか。

過去に問いかけてみても記憶のリストにある顔ではない。にもかかわらず視線が交錯したと感じたのは、その女が驚いたような表情をこちらに投げたからだ。

「俺か？　それとも」

一瞬思って大下を振り返ると、

「今度久しぶりに横浜カントリーで勝負しない？」

なんて言いながら海に向かってシャドウスイングに夢中だ。

すぐに女に視線を戻すと、女が自分から視線を外した瞬間だった。口元に驚きなのか戸惑いなのか複雑な表情の名残があったのを鷹山は見逃さなかった。

幾分足早になった女と男は運転手にエスコートされ、四〇メートルほど先に停めてあったクライスラーの大型セダン車に乗り込んだ。車が埠頭をぐるりとUターンして去っていくときに鷹山はリアガラスにあるマークを見つけた。

気になるマークだった。

「タカ、聞いてる？　何？　どうかした？」

大下が発した質問をキャッチできていなかった。

「いや、なんでもない」

「だからディナーはインターコンチか中華街か、どっちにするって聞いてんだよ」

「中華街にしよう」

心ではそう思っていなかったはずだが、口から漏れたのはその言葉だった。

なぜか中華街だった。

「よし、決まり」と大下はカブリオレのドアを開けずに飛び越えて、軽々と運転席に着地した。

鷹山は相変わらずの大下の身のこなしに、若いなと思いながらドアを開けて乗り込んだ。

イグニッションキーを回してエンジンをかけると、チューニングしなくともＦＭラジオからジャズが流れ出る。

「You'd be so nice to come home to」

私が家に帰った時にあなたにいてほしい、とヘレン・メリルが歌い出した。

「本当に横浜に帰ってきたのだ」

鷹山と大下はそのハスキーで甘い歌声に乗せた歌詞を聴きながら、改めて、同時に、そう感じた。

ＢＭＷは歌に合わせてしばらく埠頭の上をぐるぐると走り回った。大下は楽しそうにステアリングを右に左に切った。鷹山は周囲の風景が走馬灯のように巡って視界に飛び込んでくるのを楽しんだ。

しばらくそうして遊びで車を走らせた後、ラジオの一曲目が終わると埠頭の入り口に向かった。

少し遠回りして海岸沿いを走って中華街に向かおうということになった。

隣の埠頭を通り過ぎるときに遠くで爆発音が聞こえた気がした鷹山が、

「今の音なんだ？」

と聞いたが、ラジオからの音楽に指先でリズムを取りながら大下は、

「気のせいさ」と答えた。

気のせいか、さっきの女のことも。

鷹山は温かいフカヒレスープの芳醇な香りを無理矢理思い出そうとしながら「気のせいさ」と大下の言葉を繰り返した。

3

港署が騒がしいことはいつの時代も変わらない。

みなとみらいのビルに引っ越してきてからはさらにだ。

管轄地域は開発が進み建物が急激に増えている。

建物が増えると、夜間も昼間も人口が増え、当然犯罪も増えるということになる。だから昔と比べて刑事たちも増員された。街も署も新しい。特に若い刑事たちの希望配属先所轄署として、港署はとても人気があるらしい。

彼らが扱うのは軽犯罪からサイバー犯罪まで多岐にわたるが、比較的机に座って調べ物をする仕事が多くなってきたというのが、コロナウイルスが猛威を振るい人々が外出を控えたここ三、四年の傾向だった。

ただし、ここにきてコロナ禍が終息して世の中が正常に戻りつつあるなか、実体経済の停滞による格差の拡大という、コロナ禍以前からの日本社会の病巣が曝《さら》け出されたような事件が起き始めた。東京・銀座で白昼起こった高級時計店強盗事件がいい例だ。衝撃的な犯罪の裏には行き当たりばったりの実行犯と、知能犯を気取った指示係が存在し、両者の関係は希薄で軽い。そのうちふわふわとした存在のそいつらが拳銃などの凶器を持ち、人を簡単に傷つけるようになる気がしてならなかった。

町田《まちだ》透《とおる》は自席に座って窓外の横浜の街を眺めながらそんなことを考えていた。

捜査課長になって二〇年近く、定年も間近になってきた。これ以上の昇進はないだろうが、それと引き換えに捜査の現場に居続けることができるのは刑事冥利に尽きる。同時に後輩たちにはさまざまな機会と知恵を与えて一端《いっぱし》の刑事として育てていきたいと思う。「トロイ動物」と言われながらも「昔の俺だと思うなよ」と奮起し成長してきた。町田は進歩を遂げてきたのである。

時代は変わったのだ。街も町田も。

早瀬梨花《はやせりか》巡査部長は鑑識から受け取った資料を携えて戻ってくると、捜査課の島でデスクワークをしていた後輩刑事の剣崎未来彦《けんざきみきひこ》と宍戸隼人《ししどはやと》に声をかけ、課長室に向かった。剣崎と宍戸はすぐに立ち上がり、目配せをしながら梨花を追いかけた。

三人とも紺色のスーツを着て、梨花は白いブラウス姿、剣崎と宍戸はレジメンタルタイをきちんと襟元で締めている。一見すると街中を行きかう普通の会社員に見えるが、神奈川県警の次代を担う、最前線の捜査員たちである。

「失礼します」と梨花が部屋のドアを開けながら声をかける。

「入れ」と町田が応える。

捜査課フロア全体が見渡せるガラス張りの課長室に三人が緊張感とともに入室してきたので、町田は席で報告を受ける態勢を整えた。

「昨夜、新横埠頭で炎上した車両と死体の件についてですが」

梨花が厄介《やっかい》ですよという表情で前置きをして説明を始めた。

「やはり、事件か」

「殺しです。遺体は焼けて損傷が激しいですが、頭部と胸部に銃創があります」

と言いながら資料を町田の机に並べた。

町田は一番上に顔写真がクリップされた資料を手に取る。

「被害者は小牧丈一郎《こまきじょういちろう》、五一歳。香港在住の国際弁護士です。中環《セントラル》にオフィスを構え、主に中国本土に進出しようとしている欧米系企業の大型クライアントを抱えています。一方、中国本土の有力者ともパイプがあるようです」

と説明を加えた。

「撃ち殺した後で車ごと燃やしたということは」

と剣崎。

「被害者の身元を隠すために、ですね」

そう宍戸が続けて、毎週四五分で凡庸な事件が解決されて終わる昭和のテレビ刑事ドラマみたいな凡庸な答えを導き出した。

町田は周囲に聞こえないくらいの小さなため息をつくと、

「どうみてもプロの仕事だ。ダブルタップしてとどめを刺している。身元を隠蔽するならもっと別の方法を取るはずだ。犯人が自分の存在をアピールしたいのか？　それとも誰かに警告するために見せしめ殺人といったところか。こんなに早く焼死体の身元が判明したのには理由があるんだろ」

と梨花に質問した。

「さすが課長」

と一応町田を持ち上げてから梨花が説明した。

現場近くの路肩にわざとらしくパスポートが落ちていて、外務省領事局旅券課と在香港日本国総領事館にも問い合わせてすぐに人物特定ができ、さらに横浜にある複数の高級ホテルに昨夜無断キャンセルがなかったか調べたところ、ヒルトンホテルで被害者が予定時間にチェックインせず以降も連絡がなかったことを確認、宿泊予約は本人一人だったということも付け加えた。

町田は報告の内容よりも梨花がそこまで単独で調べて剣崎と宍戸に情報共有していなかったことが気になった。梨花は単独で動きすぎる。若い頃の自分にもその傾向はあったが、鷹山や大下という大きく常識を踏み外している反面教師がいたから、一応通常の刑事捜査は彼らと違う手順を踏むのだと自覚できていた。一方、梨花が仕事熱心であることと、大勢に流されず独自の視点から事件解決を追求することに主眼を置く個人主義の実践者であることは評価しているが、ひとこと言いたくなってしまうのだ。しかしながら、結局は自分たちの生きてきた時間と彼女らの生きている時間は別物で、下手に「御指導御鞭撻《ごしどうごべんたつ》」なんぞしようものなら、かえって面倒なことになると助言を躊躇《ちゅうちょ》してしまい、先程窓外を見て考えていたことなど現実的ではない気がした。

さらに時代は変わろうとしているのだ。

「では、引き続き被害者の入国後の足取りと交友関係、それから車の所有者特定を急いでくれ」

「わかりました」

と梨花が言うと、剣崎と宍戸は出遅れてコクンとうなずいた。

二人には「がんばれ令和に生きる男どもよ」と心でエールを送り、自分たちが「今の若いものは」などと断罪されていた昔のほうがむしろ居心地が良かったような気もしないではないと思いながら課長室を出ていく三人を見送った。

「何か最近、殺人事件多くないですか？」

四人の会話を黙って聞いていた課長秘書の山路瞳《やまじひとみ》が話しかけてくる。

「なんだか、先輩たちがいた頃の物騒な横浜に戻りつつあるみたいだよ」

「かえって懐かしかったりして」

「瞳ちゃん、事件は有るより無いほうが絶対にいいんだから」

「もちろんそうですね。今、お茶淹《い》れますから」

やはり同年代として安心して話ができるのはもう彼女しかいなくなっている。この安心感は、お局《つぼね》様をとうに超越した瞳でなくては感じることはできないのだ。

4

その頃、鷹山は遅い朝食をとろうとしていた。

朝起きるとシャワーを浴びて髪を整え、糊が程よく効いた白いシャツに袖を通してスーツを選びネクタイを締めると、日本大通りのベーカリーでサンドイッチを、隣接するコンビニエンスストアで日本語新聞をそれぞれ仕入れるために出かける。

秋は深まりつつあり横浜にも確実に冬が近づいている。鷹山は歩道に降りて葉の色が変わった街路樹と事務所の入っているビルを見上げる。

煉瓦《れんが》色したスクラッチタイルの建物は昭和初期に日本綿花横浜支店として建てられたもので、戦後米軍に接収されヨコハマコマンド司令部として、さらには大蔵省関東財務局の横浜財務部事務所等として活用されてきた歴史的建築物である。堅牢でシンプルな形状の建物だが、玄関のアーチ部分には花模様など細かいレリーフ装飾が施され歴史ある横浜を象徴している。

探偵事務所はそのビルの二階にある。

「T&Y DETECTIVE AGENCY.」

アメリカの五〇年代探偵ものの映画に出てくるようなデザイン文字で入り口のガラスドアに、そう刻まれている。

元港署刑事「落としのナカさん」こと田中文男にニュージーランドから頼んで探偵事務所にふさわしい物件を当たってもらったのだ。すぐには適当なところが見つからなかったようだが、不動産会社と刑事時代の知人に情報網を張り巡らし、ついには街の中心部で訳ありだが良い物件が出てきたので契約したと連絡が入った。いざ帰国して事務所兼自宅が入るこのビルについて事情を聞いてみると、現在は横浜市の関連団体が管理するこの歴史的な建築物の一画が、とりあえず一年少しほど空いているということなので押さえたという。一四ヵ月ほどの仮住まいにしては住み心地が良い。

入り口近くにあるカウンターは、その奥に水廻りがありアイランドキッチン的に使える。無駄に高い天井と広い空間の真ん中にはゆったりとした応接セットを置き、依頼者と面接するコーナーを設けた。右手に廊下があり、その突き当たりに役所時代の元事務所長室など、執務室と呼ぶにはゆったりとした部屋が三室並んでいた。鷹山と大下の部屋が両脇で、真ん中は普段は使っていないがゲストルームとして活用することになった。

今はまだニュージーランドから五月雨《さみだれ》式に届く家財道具と、お気に入りの装飾品が入った段ボールや木箱が、部屋の片側に積み上がっている。

鷹山は事務所に戻ると、自分のお気に入り具合にローストされた豆を挽いて、時間をかけてコーヒーを淹れた。香りが際立ち旨味が舌に残るのを味わうには、なるべく薄いアメリカンコーヒーが最高だ。そして事務所の応接セットに腰を下ろして新聞を広げた。

朝のシャワー、必ずスーツを着てネクタイを締めること、自分で淹れたコーヒー、新聞。人はそれを習慣やルーティーンと呼ぶが、鷹山自身は生活を律する身だしなみと考える。刑事の生活を終えてニュージーランドの成熟した日々の中で作り上げてきたものだ。

サンドイッチを食べながらコーヒーを味わい、新聞の一面から順に目を通していった。すると、社会面の肩スペースの記事が目に入ってきた。

〈爆発した車から焼死体〉

昨夜、新横埠頭の駐車場で車が爆発炎上したのを近くの海上を航行していた遊覧船の船長が通報し、駆けつけた消防がほぼ燃え尽きた車から焼死体を発見したという内容だった。

やはり昨晩のあの音は爆発音だったのだ。「気のせい」ではなかった。それに連鎖して鷹山の脳裏にもうひとつの「気のせい」が付着した。まるで犯人が遺留品として現場に残した微細な糸くずのように。「ならばあの女も」と鷹山は思って立ち上がった。

そのとき、鉄製の外階段を軽やかなステップで下りてくる足音がして、カウンター横の勝手口から大下が事務所に入ってきた。

大下は黒いサルエルパンツにゆったりとした白いタートルネックシャツを着こなしている。鷹山と比べてかなりラフな格好だ。屋上で洗濯物を干していたのか手に洗濯籠を持っている。鷹山が思っていたより大下は家事に向いている。それはニュージーランドの生活でもすでに証明されていて、事務所の整理整頓や家事全般は大下の担当で意外な才能を発揮していた。

軽い足取りで洗濯籠をカウンターの奥にしまうと、口調も軽く問いかけてくる。

「グッドモーニング。あらホェアアーユーゴーイング？」

鷹山は壁のフックに掛かったコートを取り上げて出かける態勢になっていた。

「久々に会いたい奴がいる」

コートを羽織りながら鷹山が答える。

「奴って、どうせ髪が長くてスレンダーな」

大下の言葉が終わらないうちに、鷹山は玄関ドアを開けていた。

「ちょっとちょっと浮気調査依頼がぼちぼち来てんだからさ、そっちのほうもスレンダーな人妻が」とまで言って「まあ元気なことはいいことさ」と呟きに変えて、大理石の床に響く鷹山の足音が遠ざかるのを聞いていた。

大下は横浜に戻ってきたことは素直にとても嬉しかった。ただ、鷹山のことを思うと本当に良かったのかとも思う。

八年前、定年直前だった。

現役生活最後の事件に巻き込まれて婚約者の浜辺夏海《はまべなつみ》を亡くした記憶は、ニュージーランドに定住することで少しずつ癒されていたはずだ。彼女との思い出が残るこの横浜に帰ってくることが鷹山にとって幸福な選択だったのだろうか？

横浜での新しい生活は忘れかけていた悲しみの傷を思い起こさせるのではないのか？

忘れていたいことは、忘れていたほうが良いのではないか？

この年齢になると忘却とは癒しと同じ意味を持つのだから。

5

横浜の街は変わっていく。中華街もまた例外ではない。

老舗の大飯店が閉店し、似たような派手な看板を店頭に掲示する新しい店々がメイン通りに目立つようになっていた。一方、少し小路に入ったところにできた小ぢんまりした、けれど小洒落たデザインの入り口が特徴的なレストランは、地元の若い客を中心に賑わっている。四川料理、北京料理、広東料理それぞれの店頭にはそれぞれの地方語を話す今どきファッションの中国人の若者たちが集い、耳慣れない言葉が飛び交っている。

その小路を抜けると比較的広い路に出る。小路の新しいビルよりは勿論古いが、確か二〇〇〇年代に入ってできたはずだ、それでもモダンなガラス張りの店構えが特徴のレストランがある。その入り口のガラスには「蓮　ＬＯＴＵＳ」の文字が描かれ、自動ドアが開くと床のカーペットにＬＥＤライトで浮かび上がった蓮のマークが客を迎える。

鷹山は確信した。

「やはり昨夜見たクライスラーの後部ガラスにあったものと同じだ」

入り口のドアは開いたものの開店前で受付にも玄関ホールのウエイティングスペースにも人気《ひとけ》はない。鷹山は構わず緋色のカーペットが敷かれた階段を上っていく。踊り場には「竹林の七賢人」を描いた大きな水墨画が掲げられている。二階は客席になっていて天井の高いホールの入り口で足を止めた。

男がひとり、白桃色を基調とし、下品にならない程度に金とライトグレーのアクセントを加えた内装とテーブルセットで統一されたホールの窓際で、中華街入り口に建つ朝陽門から店前の通りに流れてくる人々の様子を見下ろしていた。

マオカラーの仕立ての良さが分かる薄いベージュ色のスーツを着ている。その後ろ姿は何か思案に耽《ふけ》っているように見えた。

鷹山が近づくと、気配を感じて男は振り返った。

「元気そうだな、悪党」

少し驚いたような表情を見せたが、その驚きをすぐに懐かしさを込めた笑みに変えてみせるくらいのことはできる男である。

「鷹山さんこそ、お元気そうで」

劉飛龍《リウ・フェイロン》は言った。

イントネーションに不自然さは残っている。

意志の強さで表情筋の動きを抑制して冷静さを保っているのがわかった。

鷹山は歩きながら、プレスされた真白いリネンのテーブルクロスとナプキンが側のテーブルにセッティングされているのを見た。そのレストランが高級かどうかはシェフの腕前でも料理の値付けでもなく、テーブルクロスを見ればわかると言ったのは誰だったか思い出せなかったが、福建省からやってきたチンピラ同然の若者が知恵と腕力でこの店を一流に仕上げた時間の永さを感じていた。

鷹山の沈黙に我慢できなかったのか、フェイロンが口を開いた。

「たしか、ニュージーランドで探偵やっているって聞いたけど」

「事情があってさ、ハマに戻ってきたばかりさ」

「事情ね」

と椅子に座るように促した。

鷹山はそれを無視して、間合いを測るボクサーのように一歩踏み込んで立ったまま、

「昨夜、車の爆発事件があった。その近くでお前のところの車を見かけた」

「単刀直入、すぐに取り調べですか?」

軽いジャブにフェイロンのほうは微動だにしなかった。

「世間話さ。俺はとっくに引退しているんだ」

鷹山たちが定年を迎え警察を退職し、ニュージーランドに移住したことを知った横浜じゅうの闇の住人どもは胸を撫で下ろし惰眠《だみん》を貪《むさぼ》って太ったという。

が、フェイロンは昔のままスーツの下には余分な脂肪はなく、筋肉のみを蓄えてファイティングポーズをとっているのがわかる。

「あの車に乗っていた女、誰？」

鷹山が今度はいきなりストレートを放つ。

「そういうことか」

とフェイロンがスウェーして躱すように唇を片方だけ上げて苦笑を作る。そこからはガードを固めて打ち合いになり、互いにクロスカウンターを狙うことになる。

「女の人の好み、変わらないね、鷹山さん。あの頃からずっと」

「俺を見て驚いた目をした」

「昔の恋人の面影を追ってるの？　気のせいでしょ」

「気のせいか」

「そう。気のせい」

「刑事のときはその気のせいで何度も命を拾った」

「もう刑事ではないって、さっき」

「プライベートクルーザーで通関した女なんて調べればすぐわかる」

「ではそうすればいい。まだ警察には鷹山さんの言うこと聞く人いるんでしょ」

「そうさ。でも今日はお前に逢いたかったのさ、リウ・フェイロン」

「最初からそう言ってくれれば」

とクリンチして間を置き、再びグラブを掲げて打ち合う体勢となる。

「彼女は私の香港でのビジネスパートナー。今シークレットなプロジェクトを進めている仲間です」

「どうせ人に言えないような仕事だろ。それで？」

「名前はステラ・リー。お母さん日本人だから、私より日本語上手いよ。香港の中環《セントラル》に不動産会社を持っている。調べさせればすぐにわかるよ」

「そうか。彼女を見てある人を思い出した」

「思い出した？　鷹山さんその人のこと忘れていた？　いや、忘れようとしてたのかもしれないね」

「……また来る」

スパーリングではない久々のリング上の真剣な打ち合いだった。

拳を交える代わりに言葉で交わされたボクシング。

鷹山はそれを懐かしみ楽しんだ。

自分が立つべき場所に戻ってきたなと感じた。

自分のコーナーに戻るために踵《きびす》を返した。

「相変わらずロマンティストだね。鷹山さんは」

「お前に言われたくないね」

振り返らずに階段に向かった。

丁度三分、鷹山とフェイロンの第一ラウンドが終わった。

6

「ぱたかぱたかぱたかパピプぺポパポきょくとうとっきょきょかきょく極東特許許可局かくかくさんぼうしじょうやく核拡散防止条約チュウカガイガイチュウクジョキョウカイ中華街害虫駆除協会はいこちらタカアンドユージたんていじむしょはいこちらタカアンドユージ探偵事務所ぱたかぱたか」

早口言葉は口腔周りのすべての筋肉、表情筋や声帯を動かすことで、脳機能も肺機能も鍛えることができて、認知症や誤嚥のリスクも軽減できる、なんて。要は久しぶりの日本なのである。どこに行っても日本語が通じて何不自由なく会話ができるという喜びが大下にはある。

ということで、ひとりでいるときはおまじないのように早口言葉を喋っている。

事務所の屋上で気持ちの良い秋の日差しを浴びながら残りの洗濯物を干し終えると、事務所に戻って、まだまだ未開封の段ボールのいくつかを整理しようと思っていた。ビルのすぐ下からバイクのエンジン音が聞こえてくる。ハーレー・ダビッドソンの特徴的な音だ。鷹山が好きなバイクの独特なリズムを聞き分けることはそれほど難しくなかった。

「あれ、タカのやつ、お気に入りのバイクなんぞを見つけて衝動買いしちまったんじゃないだろうな？　もしかして会いたい奴ってハーレーのこと？」

などと勝手に思いながら階段を下りていく。

勝手口から事務所に戻ると、玄関のガラスドアの向こうで若い女性が事務所の様子を窺《うかが》っている。

大下の視線に気付くと、思い切った様子でドアを開けて入ってきた。

「タカ？　鷹山敏樹ね？」

「タカは出かけている」

「じゃあ、ユージ、大下勇次ね」

「年下の人にはさんをつけたほうがいいと思う」

「御免なさい。元港署刑事大下勇次さん。鷹山敏樹さんはお出かけされているんですね」

「やればできるじゃないか」

「二人は、今は探偵でしょ」と事務所の中をぐるりと見廻す。

さらりとした肩にかかる長さの髪を掻き上げた奥に、好奇心で光る大きな瞳が印象的だった。

その仕草と瞳はどこかで見たような気がしたが、気のせいだろうか。

「ご用件は？」

「人を探してほしいの」

真っ直ぐ向いて、そう言う。

大下は鼻から口元にかけての美しい稜線に少し見惚れながらも視線を落とし、若い女の身なりをチェックした。

ソフトスキニージーンズに青みがかった光沢の黒い編み上げブーツ、黒無地Tシャツと白いトレーナーの上に革のライダースジャケットを羽織って、肩にスリングバッグを引っ掛けている。

あまりお金があるとは見えないけれど、今どきの若者のファッションからはワイルド系に振れているという印象を受けたのは、少しオイルの臭いがしたこともあるだろう。

でも、我がT＆Y探偵事務所初めての正式クライアントになる可能性があるのだし、と考えて、早口言葉と共に練習してきたセールストークを試してみることに。

「いらっしゃいませ。ご依頼でしたら、最初に料金規定を説明させていただきます。着手金一〇万円、経費は一日当たり二万円、プラス成功報酬となります。円安傾向にある昨今、お支払いはドル建てでも承っております」

それを聞いて女は、スリングバッグから何か取り出して大下の目の前に差し出した。

「探してほしいのは、この指輪の持ち主」

大下は受け取って窓からの陽光にかざしてみた。金の台座は古代オリエント調の花を模したエレガントな作りだった。肝心の宝石は、人が踏み込まない森の密《ひそ》やかに満ちる原泉を思わせ、そこから何か物語が湧き出てくるような深い緑色の光を放っている。

「翡翠《ひすい》か」

「その指輪を残して居なくなった私の母を探してほしいの。昔この街のジャズバー〈カプリアイランド〉でナツコって名前で歌っていた、永峰夏子《ながみねなつこ》。私は永峰彩夏《あやか》」

大下の視線は、翡翠の指輪と、永峰彩夏と名乗るその女の顔を往復した。

気のせいじゃない。

男には忘れることができないひとがいる。

あのひとの娘か、ならどこかで見た気がして当然だ。

「依頼を受けてくれるの？」

「えっ？」

迂闊《うかつ》にも声が上擦《うわず》った。

「調査費はそれを売って払うから、高く買ってくれそうなお店も教えてほしいの」

「ああ、わかった。出かける準備をするから、そこで待ってて」

と応接セットに促し、部屋に戻って外行きのジャケットに着替えた。

鷹山に出かけると連絡しようと思ったが、女性とデートなら邪魔することはないかと言い訳して、事務所に鍵をかけ永峰彩夏と名乗るその女と一緒に駐車場に降りた。

駐車場からＢＭＷカブリオレを出そうとすると、入り口をハーレー・ダビッドソンが塞いでいた。

さっきのエンジン音の正体はこれか。

「御免なさい」

と言ってすぐに彩夏が壁際に寄せた。

どちらかというと小さくて華奢な体つきだったが、重量のあるハーレーをうまく操る。

「ちょっと調子が悪いの。長距離走ってきたから。車に乗っけてくれると助かるんだけど」

「モチロン。宝石店が終わったらホテルまで送るから荷物も積み替えて。ハーレーはタカが帰ってきたら看《み》てもらうといい」

色づく並木道から日本大通りにＢＭＷは走り出た。

7

元町商店街の中ほどにある〈Ｗａｎｇ’ｓ《ワンズ》　Ｊｅｗｅｌｒｙ《ジュエリー》〉は横浜でも老舗の部類に入る宝石店である。広東省生まれ香港育ちで横浜に移住してきた父母を持ち、日本しか居住経験のない二代目店主の王彪《ワン・ピャオ》は、元町商店会の役員を務めるなどしていて、地元の顔役でもある。すでに還暦を過ぎてはいるが、金縁の丸メガネと白髪をきちんと整えた髪型は、昔、映画で見た愛新覚羅溥儀《ラストエンペラー》を思わせる。

大下は刑事時代にこの辺りの聞き込みで言葉を交わしてから挨拶をする仲になった。

店の奥にある接客用の六畳ほどの部屋に大下と彩夏は通された。

年代物でシンプルだが背もたれの木彫りがおしゃれなマホガニーの椅子に座って、彩夏は翡翠の指輪を、テーブルに置かれたベルベットを敷いた鑑定ケースに載せた。

ワンは暫《しばら》く指輪を眺めながら、

「どこで手に入れました？」

と彩夏に質問する。

「母の形見なんです。ね、お父さん」

と、大下に同意を求めるように小首を傾《かし》げて黒い瞳で大下を上目遣いに見た。

何言ってんだこの娘は。大下は焦った。

その状態に助け舟を出そうとしたのか、あるいは単に好奇心から事情が知りたくて探りを入れようとしているのかわからない表情で、ワンが繋ぐ。

「大下さんに、こんな綺麗なお嬢さん。初耳ですけど」

「ああ、大人の事情でさ」

それ以上の言葉が頭に浮かばなかった。

そのとき、ワンがなぜか少し怒ったような硬い表情になったと大下は感じた。

指輪を手にしたまま立ち上がって、

「鑑定させてください。少しお時間いただきます」

と言って部屋のさらに奥に引っ込んだ。

「なぜあんなことを言ったの？」

と理由を確かめようとすると、それを察してか、彩夏はサッと立ち上がると売り場に戻り、若い女性店員にショウケースにある指輪を指してちょっと指に嵌《は》めてもいいかしらと聞いた。その後は、ワンが奥から戻るまで次々に指輪を試した。その好奇心の対象は若い女性が好むデザインというわけではなく、宝石の金額帯もバラバラに思えた。このような店には慣れていないのだろう、ショッピングなど女の子が関心を持つことにあまり気が向かないタチなのかもしれない、などと思いを巡らせ自分の思考をわざと遠回りさせていた。

というのも、大下は彩夏が事務所に来たときから、ある想いを抑えることができなくなっていたからだ。

彩夏もそれを意識しているように感じられた。

そしてあの言葉の意味するところは？

「ね、お父さん」

五分ほどするとワンが戻ってきた。それを見て彩夏も再び席に着いた。

「五八〇〇円」

「えっ!?」

親子はワンの前で声を揃えた。

「大下さんの娘さんだから少しおまけしました。確かに翡翠は翡翠ですけど。かなりランクは低いものです。台座のデザインが凝っているので、むしろそちらに値付けしました。もし宜しければ即金で買い取らせていただきますが」

「いいえ、結構です」

「ちょっと」

と彩夏は鑑定ケースに恭《うやうや》しく置かれた指輪を取り戻すと同時に立ち上がり、
という大下の声も聞こえないふりをして出口に向かった。

「なんだって？　五〇〇〇？」

「八〇〇円！」

「ふざけた値段つけやがって」

と言っているうちに彩夏は出ていってしまったので、仕方なく大下は後を追った。

「おいおい、これから金額交渉だぜ。言い値で買い取れるなんてワンは思っていないはずなのに。けっこうむずかしい性格なのかな」

そうは思いながらも、この振り回されている感じが嫌いじゃない自分に気が付き始めていた。

元町商店街に路上駐車しておいたＢＭＷにすでに乗り込んで、腕組みをして何か考えている彩夏の横顔を窺いながら、大下は無言で乗り込みエンジンをかけた。そして、聞いていた宿泊先のホテルに向かうことにした。

元町の外れにある交差点の赤信号で停車するまで無言の二人だった。

「気にするな、値打ちは君が決めればいいんだ。奴には思い出の価値なんてわからない」

大下は言葉を選びながら彩夏に話しかける。そんな上っ面の慰めの言葉ではなくて本当に話したいことが別にあるのはわかっているのに。

「思い出はない。母は私を産んですぐにいなくなったから」

そっけない彩夏の答えに、今が核心に触れた質問をするときだと思う。

「どうして俺を父親って？」

「一度誰かのことを、お父さんって呼んでみたかったの」

「一度？」

「私、父親のこと何も知らないから」

後続車からクラクションを鳴らされる。いつの間にか信号は青になっていた。急いで発車させたためにタイヤが鳴ってしまい、あわててスピードを抑えた。

「お父さんは君が生まれてすぐ亡くなってしまったの？」

「どこかで生きているわ。母はお父さんと一緒に暮らしたことがなかったらしいの」

考える余地はなかった。

「依頼は引き受ける」

「でも、翡翠安物だし」

「大丈夫だ」

「本当に？」

「本当だ」

もうそう言うしかないじゃないか。

アクセルを踏み込んだ。

8

鷹山はフェイロンの店を出て、あらかじめ焼死体のことで連絡を取っていたナカさんと瑞穂《みずほ》埠頭入り口のカフェ＆レストラン〈ポールスター〉で落ち合った。

「大下は？　一緒じゃないのか？」

店に入っていくと、挨拶がわりに田中は言う。

「もうデカじゃないんで、いつもバディで動いているわけではないさ」

と答えた。

「そうか」

ナカさんはステーキにかぶりつきシャンパンで流し込んでいる。

この店は変わっていない。

カウンターの中には頭髪も顎髭も完全に白くなったものの、いつものマスターがいて、いつものとおりの会釈をして、いつものとおりグラスを磨いている。

大きな窓からは運河を挟んで米軍基地が見える。

「久しぶり、調子はどう？」

と鷹山が声を掛ける。

「最近は軍艦《ふね》が増えましたね」

とマスターがポツリと話し、会話は終わった。台湾有事を見据えているのだろうか、と鷹山はもう一度米軍基地を見遣《みや》った。

テーブルに着くと田中はすでに出来上がっている。

「ナカさん、そんなに飲んじゃっていいの？」

「悪玉コレステロールと血糖値と尿酸値とガンマGTPのことならもう気にしてない。フォーエヴァーに生きられるわけじゃないんだ。やりたいようにやって、食べたいように食べるだけさ」

田中はマスターが絶妙な火加減でミディアムレアに焼き上げたフィレステーキの残りを、特製ガーリックソースにディップして口に運んだ。この店で一番高いメニューだ。

鷹山と大下は田中には頭が上がらなかった。だから今日は奢りだと、ナカさんには会う前に言っておいた。

というのも、探偵事務所開設のための不動産屋との交渉をはじめ、オフィスの環境整備、ニュージーランドからの荷物の受け取りなどをすべて請け負ってもらったからだ。

なんとなく照れるので町田には事務所開設のことは知られたくなくて、港署ではなく中央署経由で県警本部公安委員会に探偵業開設の申請をした。それを代行してもらったのも田中だった。

正確に言うと田中は、海岸通りの〈CJカフェ〉を畳んでIT系の広告会社を興《おこ》した石黒《いしぐろ》や、それに合流した川澄《かわすみ》らの悪ガキグループ〈本牧ギャング〉の元連中に、ホームページ作成やメールアドレスの取得など細かいところは任せた。

田中は刑事を定年退職してから少しの間、都橋西公園界隈《かいわい》で屋台のラーメン屋をやっていたが、今はもう閉じている。本人はコロナに祟《たた》られたと周囲に言いふらしているようだが、感染が拡大する二〇二〇年より前にはすでに店仕舞いをしていた。開店当初は警察仲間を中心に繁盛したが、味がイマイチだったので客足はすぐに途絶えたというのが真相だった。

刑事とはいえ公務員、とんでもないヘマをしたり法律に触れたりしなければ、生活は安定しているので、民間からはぬるま湯に浸かってきたと言われる身分だ。たとえ凶悪犯の銃弾に身を晒《さら》すことになる可能性があってもだ。しかし、客商売は甘くないということだ。

その後、警察のコネを使って駐車違反取締監視員になった。そしてナカさんは元刑事らしく、あることに気付いた。駐車違反を取り締まっていると世の中の動きが結構わかるということだった。とくに反社フロント系企業の事務所や飲食店、風俗店が並ぶ界隈の駐車場には表と裏の生情報が〝停められている〟のだ。

どこそこの金融会社社長の車が高級外車に替わったとか、たいして売り上げのなさそうなフードデリバリー店のバイクが一気に増えたりとかする。それらは、それぞれ二、三ヵ月後には、特殊詐欺の元締めの疑いで逮捕されたり、大麻をデリバリーしていたことがわかって麻薬取締局《マトリ》にガサ入れされたりすることになる。

「やはりこれからは地に足がついた情報だ」

と町田を呼び出し、もちろん守秘義務はあるのだが、見てきたことを例に挙げて最近収集した駐車情報を売ろうとした。が、売買契約は成立せず、いつものとおり牛丼屋で奢ってもらうくらいで、ビジネスにはならずにいた。

そこにニュージーランドから帰国するからと鷹山から連絡が入った。そして頼まれた諸々の手配をする報酬にと先払いで振り込まれたのだが、その金額が自分の考えていたより一桁違っていたので驚いた。探偵ってこんなにも儲かるのだと知り、田中はT＆Y探偵事務所に独占的に情報を提供することにした。老後生活の戦略上、町田はもうすでにメインクライアントから、ただの茶飲み友達くらいに降格されていたのである。

帰国した鷹山から高額振込についての理由は詳しく説明された。

ニュージーランドでの最後の事案、すなわちチャン家誘拐事件を解決した後、交通違反と公務執行妨害で警察に現行犯逮捕、起訴されてしまった。世間的にも注目を集めた事件だったが、鷹山と大下は裁判において、クライアントのチャンの意向と、チャンの息子と娘の秘密は守った。ときには真実や法律よりもクライアントの事情を優先させるのは探偵としての矜持《きょうじ》である。

結局、二人は探偵免許を剝奪され、国外退去を命じられてしまった。

しかし依頼者であるチャンは、事件の本質が自分の息子と娘が共謀した狂言誘拐であることが、娘自身の告白で明らかになると、鷹山と大下が依頼どおりに実行犯から無事に娘を連れ戻したことに関しての成功報酬、そして口止め料、さらには日本に帰国する餞別《せんべつ》を含めたとんでもない金額を、探偵事務所の口座に振り込むのではなく、もちろん税金対策もあったのだろう、なんと全額現金で渡してくれたのだった。

おまけにチャンはシンガポールまでのファーストクラスの航空券まで用意してくれた。しばらく休暇を取ってから日本に帰国したらどうかという心遣いである。辞退する理由もなく二人はマリーナベイ・サンズに連泊し、半日を三本の高層ホテル棟の屋上に載せられた船の形をしたプールで過ごし、半日をセントーサ島でゴルフ三昧《ざんまい》と洒落込んだ。調子に乗った二人はそれで終わるはずもなく、昼のゴルフとプールに続いて夜はホテルに隣接するカジノで大博打《ばくち》となった。

「タカ、俺はこう見えて博打の天才。一生遊んで暮らせる金を手に入れるぜ」

「チャンからもらったギャラだけで当分楽しく暮らせるけど、多いに越したことはないな」

世界中から集まった金持ちと同様、ハイローラーの特別席に『００７』のジェームズ・ボンドか、はたまた『華麗なる賭け』のトーマス・クラウンかと思われるタキシード姿でキメて、二人は張り切って乗り込んだ。

カッコはキマっていたが、バカラで勝ったり負けたりした後、大下は結局自分の手持ち金の殆《ほとん》どを一晩で溶かしてしまった。

やはり賭け事は金を持っているほうが勝つのだろう。にわかリッチの二人は本当の金持ちたちには敵わなかった。

鷹山はこのままだとまずいと思い、残った金をすべて田中に送金して探偵事務所開設準備に充《あ》てた。結果的に鷹山の現実路線が功を奏した。それでも一桁違う送金額に田中は狂喜したというわけだ。

「昨夜の、車が、燃えた件の、情報だがな」

ゲップしながら田中は続けた。

「ありゃ、殺人だ。香港からやってきた弁護士が殺されて燃やされた」

シャンパンを自分で瓶からグラスに注いで一息で飲み干し、田中が説明を続ける。

「どうも最近横浜で起こっている数件の変死事案と今回の事件が関連してるんではと思うんだが、県警本部と各所轄との情報共有ができてないようなんだな、これが。どうも上層部が情報を抑え込んでいるみたいなんだ。けど、鷹山が見たのがフェイロン関係の車らしいからって、事件に奴が絡んでいるかどうかはわからんぞ。でもそこはこの情報屋ナカさんにお任せ。裏情報を収集中だ」

さらにシャンパンを口に含んで一息ついてから、

「しかし、あんな殺し方をするなんて見せしめだろうな」

「誰に対して？」

「コロナ禍が明けてこのところ国際的な犯罪者の行き来も活発化して、しかも円安。連中から見たら日本はまさしくセール期間に入っているから、横浜目指して進出してくる輩《やから》が多いんだ。そいつらに脅しをかましたってわけだろう」

「誰が？　少なくともあれはフェイロンのやり口じゃない」

田中は最後のステーキの大きなひとかけらを一気に口に入れて、咀嚼《そしゃく》しながら話す。

「時代が変わったんだよ鷹山。フェイロンだって昔のチンピラじゃないし、一端の企業人として上とも付き合っている」

「フェイロンはいつだってその上の人間を利用してのしあがってきたじゃないか」

「今はそういうわけには……」

「県警の動きを鈍くさせるくらい上の人物と絡んでいる?」

田中が思わず咽《むせ》んだ。

「小骨が喉に刺さった」

「小骨なんかあるかよステーキに。誰なんだ上っていうのは」

「鷹山、知らないほうがいいと思う」

「ナカさん!」

元〝落としのナカさん〟に対して自白を迫る鷹山に、刑事時代の尋問を思い出させる強い口調が戻った。

帰国にあたりいろいろな手配を鷹山たちにしてやったところ予想以上の手数料をもらい、かつ今日は奢ってもらっている田中が、情報を出し惜しみすることはなかった。

「海堂巧《かいどうたくみ》だ」

「海堂?」

「お前らが潰《つぶ》した銀星会の会長・前尾源次郎《まえおげんじろう》、奴の息子だ」

銀星会という名前を聞くと、鷹山は自分が刑事として何を成し得たか改めて考えさせられる。二代目会長の前尾源次郎を正当防衛で射殺した後、組織は解体されたものの、残党が別の組織と合流したり、別勢力が銀星会の縄張《シマ》をまるごと乗っ取ったりして闇の収益をあげるようになり、そのたびにそれを取り締まった。刑事として銀星会を弱体化させ、ついには潰すことができたというキャリアは誇っていいのではないかと思っている。

しかし今、海堂巧という人物が登場した。

さらなる田中の解説によると、海堂巧は前尾の隠し子であった。いや正確にいうと存在を隠されてしまった息子だった。

一九八〇年代後半のあの頃、バブル時代に銀星会会長としての前尾は、横浜の裏社会で圧倒的な支配力を誇っていた。同時に何人かの愛人を抱えていたが、一番のお気に入りは六本木のクラブでホステスをしていた海堂巧の母になる杏里《あんり》だった。控え目で気配りが利く性格、何より可憐な美しさと若い肉体に前尾は惚れ込んだ。地元横浜と少し離れた東京での愛人との二重生活は、むしろ前尾をリラックスさせた。そして赤坂の一等地にマンションを宛《あ》てがって、お忍びで通っているうちに、杏里が頭のいい女であるということに気が付いたらしい。引退後を見据えて貯め込んでいた莫大な裏金を杏里に管理させた。商才もある杏里は六本木の店に来る客から経済情報を吸い上げて、裏金の一部を運用して利益を挙げていたことも前尾は黙認していたという。また当時防衛庁があった六本木という土地柄、防衛関係の外国人客も多く、それらの接客も無難にこなせる高い英語力を持っていた。

そして一年後、前尾は杏里に妊娠したことを告げられ、どうやら男の子らしいと教えられると、お腹の子供が生まれる前に胎児認知することに反対しなかったという。

その幸福のピークで前尾は鷹山と大下に倒された。

運転手と側近中の側近しか知らない杏里との事実婚関係の情報は、前尾が突然死んだ直後に組織の重要なメンバーがほぼ全員逮捕され収監されてしまったことですぐさま風化した。一方警察からはノーマークだった杏里は、身重のまま大金が入った口座を携え日本を脱出したのだった。

以上は刑期を終えて出てきた元側近から田中が聞き出した情報だったが、その後の杏里のことについては最近まで知る人間はいなかった。海堂巧が横浜に現れる七年前までは、である。丁度、鷹山たちがニュージーランドに移住した翌年あたりだ。

二〇一七年、そのときにはすでにアメリカの警備保障会社〈Hydnick《ハイドニック》〉のCEOで、横浜を拠点とした〈ハイドニックジャパン〉を設立し、不動産開発事業とその警備関連会社を展開するのが来日の主な目的だった。

なぜ横浜だったのか？　それは当時横浜のIR計画が盛り上がりを見せていたことに関係する。総合リゾート計画に参画しカジノの警備という権益を取得することで、アメリカ仕込みの総合的警備保障という考え方を日本に浸透させようとしていた。近い将来、日本社会でも凶悪犯罪が増えるであろうと予見し、それに備えて積極的に個人が生活や資産を防衛していかなくてはならないと提唱した。具体的には、日本の法律が許す範囲で個人がスタンガンなどの武器を持ち、自宅を改造してシェルターやパニックルームを建設しなければならない、また犯罪被害者保険への加入も必須であるとアピールすることで富裕層に危機感を煽《あお》った。それが世間の注目を集めた。横浜でのIR計画は潰《つい》えてしまったが、新進気鋭しかもルックスもイケメンの新しいタイプの経営者として、海堂巧はマスコミに取り上げられ時代の寵児となった。

経歴も申し分ない。ワシントンDC出身、父親はペンタゴン勤務アメリカ空軍の将校で、海堂自身もエリートコースを歩んでコロンビア大学を卒業しMBAも取得していた。

大学在学中に立ち上げたハイドニックの前身である、AI技術を駆使したIT警備プログラムを販売する会社は、当時先進的な技術としてアメリカの情報産業で話題となり、軍産複合体と悪口を言われるアメリカを代表する軍事産業コングロマリットと業務提携するようになり、急速に成長した。

ここからは田中の推理というか想像した結果なのだが、杏里の才気がさらに発揮されたのは子育てにおいてで、渡米先のワシントンで出産すると、日系アメリカ人の空軍オフィサーと知り合い、結婚することで巧の養父を獲得し、エリート教育を徹底させ、アイビーリーグに入学させた。その経歴づくりに前尾と杏里が貯えた裏金が大いに役立ったはずだと。

「でも、どうして海堂が前尾の息子だとわかったんだ？」

「それがな、あの記者、知ってるだろ、〈横浜日報〉で警察《サツ》回りしてた瀬良《せら》って。あいつフリーの雑誌記者になって銀星会のルポを書くために前尾の周辺を洗ってたんだ。胎児認知の届出をした前尾が死んで出産後の手続きもしてなかったから子供が生まれたかどうかもわからずじまいだった。だから、その時点では前尾の息子であるはずの海堂巧はこの世に存在していない。杏里はアメリカに行って出産しているしな。しかし、瀬良は前尾の血縁や戸籍関連を調べていて、胎児認知にぶち当たった。瀬良はその宙ぶらりんになった胎児認知の届出をどうやってか手に入れて、おおかた市役所の担当職員に裏金でも渡してしつこく調べていたんだろう、前尾に婚外子《こんがいし》がいることがわかって、その子の母親が杏里であることをつきとめ、この辺りは元側近が情報元で、今度は杏里の足取りを辿るとアメリカでトーマス・カイドウという日系人と結婚しているのがわかり、と芋蔓式にファミリーツリーが判明して、その男の子がなんとIR絡みの気鋭のアメリカ出身財界人に成長していて驚いた、というところまではアングラ雑誌に書いたんだ」

「待てよ、海堂巧というのは本名じゃないのか？」

「ジェームス・タクミ・カイドウっていうのが本名でアメリカ国籍だよ。あれ言ってなかったっけ」

「ナカさん、やっぱ飲みすぎてる」

「まだ、酔っておらんぞ。そいでさ、元空軍将校の養父カイドウはハイドニックの顧問になっていて米軍に太いパイプを持っているという仕組みさ」

「母親の杏里は？」

「そっちは表舞台に出てきていない。頭のいい女だ、多分、今頃アメリカでリッチな暮らしを満喫しているんだろう。まあ、それもひとつのアメリカンドリームってやつさ。ああ、あやかりたいあやかりたい」

さらにグラスにシャンパンを注いだが、ボトルは空になってしまい、ため息をひとつついた。

「話を戻すと、記事のほうはアングラ系の読者に評判がすこぶる良くてさ、瀬良は単行本化を目論んで特集第二弾やろうって雑誌編集部担当と盛り上がってたらしいんだが、急に連絡が取れなくなってその企画はボツになったままらしい。瀬良はそれっきり、消えた」

「消されたか」

「鷹山もそう思うか？」

田中はグラスに残ったシャンパンを飲み干した。

「記事は当てずっぽうのところもあったんだろうが、ラッキーにも案外的を射た内容だった。それが瀬良にアンラッキーな結果をもたらしたということだろう」

田中の話はさらにヒートアップする。

父親の関係で国防省とコネクションができているハイドニックは、当時破竹の勢いでアメリカに進出してきた中国系のエンタメ企業にも接近してラスベガスやマカオにあるカジノの総合的警備保障を担うようになった。さらに最近ではアフリカの内戦地域に傭兵を送り込んでいるロシア系の企業に資金と人員を投入しているという。

海堂は民間軍事会社を成長させて、あわよくば独立した王国みたいな組織にしたいと考えているのではないかと自説を展開する。

「要するにロシアのワグネルが目指したやつだ。プリゴジンは失敗したけどな」

酔いに連れて話が壮大になり、どこまでが事実でどこからが田中の想像の産物であるのか話が迷走してきたところで、鷹山は伝票をマスターに渡した。

「あら、話がさらに波瀾万丈になって、お楽しみはこれからだぞ」

「ナカさん、海堂の今日の居場所の情報手に入る？」

「奴には関わるな。お前らは親の仇《かたき》だ。何をするかわからんぞ」

「なおさら一目お会いしておかないと」

レジのマスターにシャンパンのボトルを一本追加して精算してもらった。

すぐに新しいシャンパンの栓が抜かれて、グラスにピンクの泡が広がった。

「じゃあ居場所よろしく」

と出口に向かう鷹山に、

「仕方ないな、鷹山の頼みだ。この情報屋ナカさんにお任せ」

と声を張って答えた。

田中は横浜の有力企業のトップ達がプライベートで使用している電話番号やアドレス、裏アカウントまで記載されているらしい名簿をどこからか手に入れていた。

この前「まさかそれ使って誘拐事件なんて引き起こさないよね」と苦い経験から鷹山が注意したが、「なんで俺がそんなことするんだよ」と田中は答えた。

また、「そんなヤバい名簿どうやって手に入れたの」と質問したが、出元をはぐらかして「その名簿に記載されている連中に浮気調査関連の広告を送ったらセレブのクライアントが飛びつくと思ってさ。T＆Yプラス N 探偵事務所の大きな収入源になるからさ」と言っていた。

ちなみにプラス N の N はもちろんナカさんのことらしいが、鷹山は事務所の名称を変えるつもりはない。

店を出て一〇分もかからず田中から海堂の居場所を伝える電話が入った。鷹山は事務所に戻らず教えられた場所に直行することにした。

9

ワンの宝石店から彩夏が予約を入れていた山下町のベイサイドホテルまで五分もかからない道のりだった。その間に彩夏は自分の生い立ちのことを語りはじめた。

「夏子は私を故郷の長崎で産んですぐに姿を消したの。私を連れていくって言ったらしいけど、ばあちゃんが許さなかった。『お前は母親には向いていない女だから』と言ったらしいの。それっきり。ばあちゃんは自分が母親のつもりで私を育てようとしたから夏子の写真はすべて捨てた。実際小学生になるまで私はばあちゃんのことを母親だと思っていたの。だから夏子の顔もなにも知らない」

自分の母親のことを名前で呼び捨てにするのに違和感はあったが、客観的に話そうと努めているのがわかる。

「それがどうして今になって」

「ばあちゃんが先月、病気で亡くなって」

少し俯き加減になったところでベイサイドホテルに着いてしまった。

「続きはチェックインしてから聞こう」

可愛らしい外装のプチホテルにふさわしい小さな駐車場にはすでに車が停められていたので、ホテル入り口にＢＭＷを着けた。車から降りてフロントまで荷物を運ぶのを手伝おうとしたとき、人相の良くない二人組が駐車場のミニバンから勢いよく飛び出てきて彩夏に近寄ってきた。見たことのない連中だ。

動作が機敏すぎるのは敵に隙を見せるのと同じことだ。準備はできている。

「ちょっとイイですか」

顎髭を生やした短髪の男が、中国訛りの日本語で彩夏に向かって話しかけた。濃紺にペイズリー柄のオープンシャツから首筋に入った龍の刺青がチラリと見えた。

「後にしてくれ、次のデートの約束してんだから」

大トは男を遮《さえぎ》る。

「あれ、それとも彩夏の元カレ？」

とぼけてジョークを放つが、それに構わずに、もう一人のかなり小柄で長髪をポニーテールに束ねた男が車の後ろから回り込んできて、彩夏の腕にあるスリングバッグを掴もうとする。

ユーモアセンスのカケラもない奴らだ。

それに女性の前で存在を無視されて黙っているわけにはいかない。

彩夏を引き寄せると同時に前蹴りをチビ長髪の腹に見舞った。鍛えられた腹筋を靴底に感じたが敵はアスファルトに転がった。

お次は短髪だと向き直ろうとした瞬間、ネックスプリングでチビ長髪が起き上がって不気味な笑みを浮かべる。

短髪が彩夏との間を詰めるのを感じながらチビ長髪の攻撃に備える。右のショートレンジの手刀は躱したが、左回し蹴りは肘《ひじ》で受け止めるしかなかった。

連続して突きを繰り出してくるのでステップバックしてなんとか躱そうとするが、二発ほど腕に喰らった。

流派はわからないが明らかに中国拳法だ。

ひとつひとつの打撃ダメージは少ないが長引いては有利に働かない。

背後で短髪に捕まった彩夏が悲鳴を上げながらも抵抗している。

思い切って至近距離から踏み込んで膝蹴りをチビの顎に当てた。今度はすぐには立ち上がれないだろうという感触。振り返ると、抱え込まれた彩夏が手足をばたつかせて抵抗するので、短髪が鳩尾《みぞおち》に拳を当てて息が詰まった彩夏を軽々と担ぎ上げ、ミニバンのラゲージに投げ入れ連れ去ろうとする。

走り寄って後頭部に右フックを入れる。瞬間右手の拳が痺《しび》れる。短髪の動作は一度止まったように見えたが再び彩夏を押さえつける。こいつどんだけ石頭なんだ。咄嗟にミニバンのハッチバックドアを掴んで全体重を掛けて引き下ろす。流石の短髪も太ももの裏をドアに挟まれて悶絶し後ろに倒れる。念のため脇腹のレバー目掛けて爪先蹴りを入れて短髪をアスファルトに転がしたまま彩夏を救出しＢＭＷに乗せ自分も乗り込もうとした。

「ソコマデ」

いつの間にかチビ長髪に背後を取られた。

背中に鋭利なものが押しつけられている。ナイフであろう。

「いきなり、グサかよ」

大袈裟に降参だ、と両手をゆっくり上げて示すと、一瞬背中に隙を感じた。

ノールックでヒップホイップ、間を置かず後ろ蹴りを股間にお見舞いした。

そのまま車に乗り込んでエンジンを掛ける。しかし、車前方にはまたまたしつこく起き上がったチビ長髪が、後方には短髪髭面が立ち塞がった。まったくタフな奴らだ。ギアをバックに入れて思い切りアクセルを踏み込んで短髪を蹴散らすとステアリングを回しながらハンドブレーキを当てる。スピンターンが綺麗に決まって、走ってくるチビ長髪に追いつかれる前に急加速してタイヤを鳴らしながら国道に走り出た。

バックミラーを何度も見たが追跡されていないという確信が持てないので、赤信号を無視して車を走らせた。緊急時に法を無視する癖が刑事を辞めても抜けないのはいけないことだなと柄にもなく反省したのが悪かったのか、本当に緊急事態となった。

ガス欠だ。

昨夜あんなに走り回ったのに給油しなかったツケがきた。

海岸通りの車線を塞いだ車をそのまま乗り捨てるしかない。

「走るぞ！」

と大下が車から飛び出す。

「マジっ!?」

と彩夏が続く。

大下は彩夏の荷物を受け取ると街路樹下の植栽を飛び越えて歩道に入る。彩夏も軽々と植栽を越えた。そして二人は全速力で走った。

「あいつら何者だ」

「ユージのお知り合いでは？」

「お友達は選ぶほうなんだ」

なんとなく楽しくなってきて笑い出した。彩夏もつられて笑い出す。

笑いながら大下は彩夏の走る姿を見ていた。

「いい走りしてんじゃないの」

上体を少し反らせながら加速して腕をいくぶん外側に開いて振る、ランニングフォームが自分に似ているのだ。

「やっぱり」

確信。いや、願望かもしれない、と思いながら大下は走り続けた。

10

「ハッ」

低い掛け声《コール》が響くのに呼応して、銃声とクレーの破裂音が谺《こだま》する。

鷹山は伊勢原の射撃場にいた。

どんな手を使ったのか詳しくは教えてくれなかったが、田中のネットワークはバカにできないものがある。気鋭の警備保障会社社長の居場所を短時間で把握できるのだから。

貸切状態で五ヵ所ある射台の中央にひとり、イタリア製のオーダーメイドであろうペラッツィのライフルを前傾姿勢で構えている男が海堂巧であろう。肩の力が程よく抜けた状態で頬に銃を当てている。

先ほどと同じ低いコールが響くと、高く飛び出した標的のクレーを一発目で捉えた。多分こちらもイタリア製のスリーピースであろう青い光沢がある生地のベスト姿だったが、ネクタイは少しも緩めていなかった。

射台から離れた後方で、こちらもイタリアの生地ではあるが、わざと下卑《げび》た着こなしをしているのではないかと思われるほど似合わないスーツ姿の男たちが三人控えていて、海堂が命中させる度に拍手した。

射撃場事務所入り口上にあるＬＥＤのスコアボードは一五点と示されている。クレー射撃のトラップ競技はオリンピック正式種目で、五つの射台でそれぞれ五回クレーが空中に放たれるのをいくつ撃ち落とすかを競う。海堂は三番目の射台を終えたところだから、ここまでノーミスということだ。

海堂がペラッツィを割って排莢《はいきょう》し四番射台に移動したところで、鷹山はゆっくりと近づいた。

一メートル程に近づいたとき、弾丸を込め終わった海堂は銃口を鷹山の顔に向けた。

対峙した鷹山は動ずることなく銃身を手の甲で逸らしターゲットを外した。

「どなた？　終わるまで待ってほしいんだけど」

スーツがイケていないにしては素早く、三人の秘書なのか手下なのかが鷹山を取り囲んだ。

「講習会でセンセに習わなかったか？　クレー以外に決して銃を向けてはいけないと。海堂さん」

「日本で初心者向けの講習会は受けたことがありませんから。主にアラスカでヘラジカ猟をしてましたので」

「リウ・フェイロン、知ってますよね。彼のことであなたに聞きたいことが」

「秘書をとおしてもらいたかったんですが。警察の方ですか？」

横から秘書どもが「サツのくせに許可とって入場してんのかよ」「令状持ってんのか？」などと意味もないことを喚《わめ》き始めた。

それを手で制して、

「リウ・フェイロンのことなら、リウ・フェイロン本人に聞いたらどうですか？　中華街に行けばいつでも会えるはずですよ」

左手の指で矩形を示したジェスチャーを理解した秘書のひとりが名刺を鷹山に差し出した。

「どうやってここに来られたかわかりませんが、今後はオフィスのほうにアポ電を入れてください。このところ忙しくてなかなか時間が取れないかもしれませんが」

名刺をくれた秘書が鷹山を高圧的に睨《ね》め付ける。

英語と日本語が混在する名刺で『ハイドニック　CEO　海堂巧　JAMES TAKUMI KAIDO』とある。

鷹山は名刺を一瞥《いちべつ》し入り口の方向に歩き始めると同時に名刺をクレーのように指で弾き飛ばした。

「できの悪い飼い犬は鎖で繋いでおいたほうがいい」

「お名前は？」

「元横浜港署刑事、鷹山敏樹」

名前を聞いて不気味に笑った海堂が、鷹山の背中に向かってゆっくり銃をあげる。

トリガーに人差し指が掛かる。

「ハッ」

マイクに向かって気合の入ったコール。

クレーが飛び出る。

ターゲットに向き直った海堂が発射するが一発目を外す。二発目も失中。

「あの男をマークしろ」

秘書たちに命令する海堂の目は殺気に満ちていた。

11

プロジェクターから光の束が延びて、現場検証時に撮られた複数の写真データがホワイトボードに投影されている。

捜査課に隣接する会議室に集合した課長の町田を中心に剣崎、宍戸が前列で、他数名の捜査課刑事たちが彼らを取り巻き、ボードを見上げていた。

進み出た梨花がレーザーポインターを使って説明する。

「この半年間で神奈川県下で起きた四件の不審死なんですが、一昨日の小牧丈一郎は明らかに殺人事件です。他の事故死や自殺として処理された案件、すなわち六月に日の出署管内で運河に転落死した国会議員の小野寺玄三《おのでらげんぞう》、中央署管内で自殺したとされるマキハラエンタープライズの槙原秀一《まきはらしゅういち》社長、これらも殺害された可能性が強いと思われます。というのも九月に川崎で水死したランドマークデベロップメント社の君田紀次《きみたのりつぐ》社長なのですが、今頃になってドライブレコーダーの映像が解析されて出てきました」

「九月？　二ヵ月も経ってなぜ今頃。続けてくれ」

「はい」

と画面を転換させて、さらに梨花が説明を続ける。

一人の男の水死体が映し出される。

「君田が事故死と推測されたのは胃の中からアルコールが検出されたことと、落下した際に埠頭のブロックにぶつけたと思われる脚部の骨折以外の外傷はなかったせいです。さらに埠頭の入り口周辺にある防犯カメラをすべて調べたのですが、死亡推定時刻も含めて、その夜は君田以外に埠頭に出入りした不審車両、人物共にありませんでした。君田は横浜にカジノを誘致するという話が持ち上がったときに、裏金を使って政財界に深く入り込んだ人物ですが、結果的に横浜でのカジノ誘致が白紙となり、会社としては大きなダメージを受けて悩んでいたとの情報もあって、飲酒後の発作的な投身自殺あるいは事故として処理されてきたんです」

梨花は説明し続けながら動画を再生する。

「ところが、この動画、ドライブレコーダーのものですが、高性能のドライブレコーダーには車を停めているときも当て逃げや悪戯の犯人を特定するために、車体に衝撃があるとその前後を記録する機能がついていています。見てください」

男が車の運転席側のドアに近づいてきたとき、背後から大きな黒い影が現れ羽交締めにされてそのまま激しく車に叩きつけられる。そのときの衝撃で車が揺れ、画面も揺れる。次の瞬間、上半身をきめられ、軽々と持ち上げられ画面から消えた。

「この男、明らかに君田です。背後から何者かに抱きつかれ海の方向に投げ飛ばされているんです」

と今度はコマ送りでアップになった黒い影の映像が映し出される。

極薄のウエットスーツに暗視カメラと水中ゴーグルを合体させたような装置を頭部に装着し、その上からスナイパーヴェールのようなものを被っているのがわかる。

「ハリウッド映画キャラのコスプレか。耳がとんがって、まるで半魚人だな」

剣崎がその場の緊張感を和らげるためなのか幾分能天気に感想を言うと、続いて宍戸が発言する。

「これ、軍隊の装備だ。アメリカのネイビーシールズ、海軍特殊部隊の。もう一度止めてみてください」

頭部のアップがホワイトボードに大きく映し出されると頷《うなず》いて、

「たぶん中国製のゴーグルっぽいな、中国海軍特殊部隊・蛟龍《こうりゅう》、シードラゴンとも呼ばれていますが、その装備に似ている気がします」

宍戸は捜査課ではミリタリーオタクで有名である。

「で、何が言いたいんだ」

と町田が脱線気味の話を軌道修正して先を急がせる。

「この件を殺人と断定すると、四件の事件、連続殺人と推定できますが、すべてカジノ、IR《インテグレイテッドリゾート》

構想絡みと言えるんです。今話題の海堂巧が社長のハイドニック社が背後にあるのではないか……と。もうひとつ重要なのは、県警本部の動きが鈍いってことです」

「それも、ハイドニックとの関連があると言えるのか？　ハイドニックってアメリカの総合的警備保障会社をベースにしたベンチャー企業で、横浜では不動産開発事業にも手を広げていて、確かアメリカの投資会社と香港の中国系企業とを味方につけて、中央の政治家に粉かけ始めているっていう噂の。社長の海堂ってあの海堂だろ、銀星会の会長だった前尾の隠し子らしいじゃないか」

「さすが課長」

と合いの手を入れて愛想笑いを作る梨花。仕事もできるが愛嬌を売ることも忘れない。梨花のそういうところが野心が透けて見えて居心地の悪さを感じてしまう町田なのだった。まあ褒められてまんざらでもない。すべて田中からの情報なのではあるが。

「それで県警本部にも粉がかかってるって言いたいのか梨花は」

はっきりと頷く梨花。大卒新人の頃から面倒見ているせいか、どうしても下の名前で呼び捨てにしてしまう自分はやはり昭和人間である。

「まあ、いくらなんでもそれはないだろう」

「海堂は横浜で新たにカジノを誘致しようと思っているようで、その警備部門に大量に県警の上層部からの天下りポストを用意しているって噂です」

「本当か⁉」

町田は「俺のところにはそんな話来てないじゃないか。どうなってんだコラ」という口から出掛かった文句《クレーム》をなんとか嚙み殺した。

「ともかく、推測でものを言うな、小牧のことを中心に引き続き地取り、それと一応このところの海堂の行動も洗ってくれ。県警本部がいちゃもんつけてきたら私にあげろ」

「わかりました」

と港署捜査課の面々の声が会議室に響いた。

その声に触発され、「俺ってカッコいい」と思いながら町田は会議室を後にして自席に向かった。

課長室のドアが閉まり切る前に瞳が大きな声を出したので、虚を衝《つ》かれて、たじろいでしまった。

「課長、大変」

「俺ってカッコいい沼」にハマっていたからだ。

それに瞳は普段滅多なことでは動揺したりしない質《たち》である。

「これです、これ」

ナンバープレートがはっきり写ったＢＭＷのプリントアウトを見せられる。

「海岸通りに乗り捨てられていた車です。その名義がなんと〈Ｔ＆Ｙ探偵事務所〉なんです」

「へー、それが、っていうか確かニュージーランドで先輩たちが作った探偵事務所がそんな名前じゃ

「……まさか」

「そうなんです。これ」

とタブレットを操作して〈T＆Y探偵事務所〉のホームページを見せた。

「ね」

「えーッ」

先輩たちのプロフィールが入ったホームページのメインコピーは高らかに謳《うた》っている。

「刑事時代の検挙率と海外での実績！　ついに横浜に本格探偵事務所オープン！」

「ダンディに、そして、セクシーに、あなたの御依頼を迅速に解決いたします」

「安心してください！　開《あ》いてますから」

と営業時間が示されている。

「このタイミングでリターンズかよ」

町田はいやな予感しかしなかった。

12

鷹山がT＆Y探偵事務所入り口のガラス戸を開けると、いつもどおりドアに付けられたベルが鳴った。耳障りではないがしっかりと来客を告げてくれるくらいは主張する音色だ。

そのとき、バスルームのドアが開いて白い物体が躍り出た。

一瞬身構えた。やれやれ、まだ自然と体が反応する。職業病みたいなものかと鷹山は思った。

が、そこにいるのはバスローブを引きずるように羽織った若い女だった。

「それ、僕のじゃない？」

鷹山の質問は無視して、左手を胸のところに置いて拳銃を構える鷹山独特のシューティングポーズで指差してきた。

あれ、俺のマネ？

「タカね！」

いやいや、なに言ってるんだろう、この娘は。

「ユージ」

つい大声を上げてしまった。

ユージが「どうしたどうした」と、自分の部屋から事務所スペースに飛び出てくる。

腕を摑んで引き寄せ、一応気は遣って女には背を向け、ヒソヒソ話す。

「女を連れ込むなんてルール違反だろ。しかもあんな若い女、犯罪だぞ。それにあれ、俺のバスローブ。早く引っぺがして、どっかに連れ出せよ」

「ああ、紹介する、紹介する」

と宥《なだ》めるように大下は応えた。

「こちら記念すべき依頼人《クライアント》第一号」

「永峰彩夏です」

と、ぺこりと頭を下げる。

「お母さんを探している。昔カプリアイランドで歌っていた永峰夏子。もちろん覚えているだろ」

「夏子？　永峰夏子」

鷹山は胸を撃たれた気がした。

そして、何かを見つけようとするようにバスローブ姿の彩夏を見つめた。

「着替えてきます」

幾分頬を紅潮させた彩夏は走ってゲストルームに向かった。

バスローブの天使が通り過ぎた一瞬、鷹山と大下がいる空間は沈黙に支配された。

それから二人はカウンターの奥で紅茶のセットを用意し、応接セットに移動して初めてのクライアントを待った。

すぐに、ジーンズと白いTシャツに着替えた彩夏が戻ってきた。

鷹山の正面に座ると、車の中で大下に説明した経緯をふたたび説明し始める。

「夏子は、えっと母は、祖母の家で私を産みました。しばらくすると私を連れて家を出ると言ったけど、ばあちゃんが認めなかった。お前は母親に向かない女だって。昔は恋多き女って言ったのかもしれないけど。少なくともばあちゃんは娘の育て方を失敗したと思っていたの。歌手になるって都会に出て行くなんて上っ面だけの女だと。私、ばあちゃんからそう教わってきた。おまけに妊娠して帰ってくるなんて、ばあちゃん昔の人だから許せなかったんだと思う。そのばあちゃんが先月癌で亡くなって、遺品を整理していたら簞笥の奥からこれが出てきて」

彩夏は途中言葉を詰まらせながら最後まで説明すると、机に翡翠の指輪と共にＣＤを一枚並べた。

Natsuko at Capri-Island

粒子が粗いモノクローム写真。胸元の開いたロングドレスを纏《まと》ったシンガーが舞台に当てられた一本のスポットライトだけで浮かび上がり、そこにアルバムタイトルがジョン・コルトレーンやエリック・ドルフィーの初期のジャケットに使われているような、素っ気なく見えるがじつは繊細な字体で白く刻まれている。

歌手Ｎａｔｓｕｋｏの表情はうまく摑み取れない。愛を歌う喜びを顔に浮かべているのか、それともバラードのマイナーフレーズを歌っているときの憂いに満ちた顔なのか。

ＣＤの蓋が開けられて二枚の名刺が取り出される。

「こうやって、名刺が二枚挟まっていたの」

神奈川県警横浜港署捜査課巡査部長鷹山敏樹と、同じく大下勇次のものだ。

「二人の名前で検索したら、ホームページがすぐに見つかって」

二人は自分の名刺をそれぞれ取り上げて「懐かしいな」と言いながら確認すると、顔を見合わせ、改めて彩夏の前に名刺を並べた。

「それから、ナツコとカプリアイランドを調べたらこんなのがヒットしたの」

とスマホを若いスピードで操ってSNSを見せた。

中高年向け交友サイトの「広場」である。

『歌を愛するカナリアが長い旅を終えて久しぶりに帰国します。横浜で、またステージに立ちたいと思っています。公私共に貴方のサポートをいただければ幸せです。カプリアイランドの歌姫ナツコ』

「スポンサーって」

と疑心暗鬼丸出しの鷹山。

「らしくないね」

と否定的な大下。

「書いてることが安っぽい。そんな女じゃなかった」

鷹山からスマホを受け取って、

「でも、この街なら手がかりがあると思って」

彩夏は声を落としてため息をつく。

「永峰夏子さんのことは俺もよく知っている。今、この横浜に来ていて、君が会いたいというのであれば依頼は受ける。ところで、君のお父さんは?」

「彼女、父親を知らないらしい」

「ああ、君のお父さんは、君が生まれてすぐ亡くなったの?」

「どこかで生きてると思うけど、てか、同じこと聞くんだ」

と大下を見る。

大下は肩をすくめてみせた。

「レディに失礼だが、生年月日聞いていいかな?」

「はい。二〇〇〇年八月七日生まれ、です」

鷹山は頭の中で計算した。

大下はわかりやすく指を折って計算した。

二人は見合うと慌てて彩夏に向き直った。そして今あったばかりの人物かのようにまじまじと彩夏の顔を見た。

13

夜も深まり、彩夏が聞きたいと言ったので、二人は自分たちの刑事時代の武勇伝のほんの触りを話した。最初は興味津々で、ときには笑いと感嘆を交えながらリアクションしていたものの、やがて彩夏はソファで寝落ちして寝息を立て始めた。

疲れたのだろう。

大下が彩夏の一日がいかに長かったかを説明した。

「チャイニーズに襲われた？　どうして」

「この指輪、訳ありだと思う」

翡翠を渡した。

「この娘の依頼聞いてやろうよ」

鷹山は指輪を眺めている。

「お金取らなくてもいいよな。ナツコの娘なんだから」

大下はもうすでに引き受けているのだから後には引けない。

そのとき、彩夏が寝返りをうつ。

まだどこかあどけなさが残る寝顔についつい見入ってしまう二人だった。

起こさないように屋上に向かった。

いつものところに腰を据える二人。

事務所の屋上からは通りと公園を挟んで外野スタンドの明かりが消えた横浜スタジアムが眠ってい

るのが見える。右手にはダイニングテーブル。左手には物干しのケーブルが五線譜のように張られ、その向こうに月が全音符のように浮かんでいる。中央にニュージーランドで手に入れたマオリ製の木目が美しいローテーブルを挟んで、フルリクライニングができるデッキチェア二脚。夜の浜風にあたりながらスコットランドウイスキー・トマーティンのシングルモルトをストレートで、どこそこのゴルフ場で勝負して勝ったり負けたり、そんなちょっとした昔話などをチェイサーにする。

帰国して二週間、雨の降らない日のほとんどの夜には、そんな風にして映画一本観る程度の素敵な時間を屋上で過ごした。

それが二人のいつものところ。

「タカ、あの娘、誰かに似ていると思わない？」

「誰に？」

と冗談めかして、

「俺に」

「俺に」

二人の声がハモった。二人とも自分を指さしていた。

「タ、タカ、まさか夏子と？」

「ああ、付き合っていた。彼女が姿を消す少し前から。え？　ユージこそ」

「えッ、俺？　俺は、ほら、あの年……」

「ミレニアムの前の年だったよな……」

14

一九九九年の夏だった。

大流行したノストラダムスの大予言では、その年の七月に空から恐怖の大王が舞い降りてきて人類を滅亡させることになっていた。しかし、残念ながら予言はハズレて、鷹山と大下に捕まらなかった犯罪者も含めて人間どもはあれから四半世紀も生き延びてしまっている。鷹山と大下は不惑を迎えようとしていた。

あの夏、横浜に降臨していたのは歌姫ナツコだった。圧倒的な歌唱力と少し物憂げな表情が男たちだけでなく女性たちをも魅了して連日カプリアイランドを満席にしていた。

カプリアイランドはもともと銀星会の縄張内《しま》にあった時代遅れのグランドキャバレーだった。それを当時急速に横浜中華街界隈で勢力を伸ばしていた劉飛龍グループが前のオーナーから安く買い叩いた店だった。

一九八五年頃、フェイロンは福建省出身のいわゆる蛇頭《スネークヘッド》のひとりとして日本に入国してきたらしい。らしいというのは当初、不法入国者のひとりであったはずなのだが、その正体がはっきりしない。そもそも蛇頭の幹部だったという説もあれば、蛇頭の手引きで不法入国させられた落魄《おちぶ》れた豪農の息子だったという説もある。おそらくのちの行動から見ても中間的な立ち位置、あるいはその両方だったのだろう。半分堅気《かたぎ》半分ギャング、あるいは半分被害者半分加害者。

喧嘩不敗の度胸ときっぷのいいリーダーシップで荒くれ者の若い同郷人を束ね、自分が気にかけた街角の労働者や女たちといった弱者を援助した。と同時に中華街の重鎮たち古い世代の華僑たちにも取り入って、正式な外国人登録証を手に入れ、まだ一〇代であったにもかかわらず、たちまち頭角を現した。

そんなフェイロンにはもちろん敵も多かった。

まず、街の日本人の若者たち。同じ年代で同じく荒くれた心根を抱いて集まった暴走族という存在。力を顕示し合うには格好の相手だった。

当時、暴走族と喧嘩をして港署少年課のお世話になったこともままあった。少年課の松村優子《まつむらゆうこ》課長は、青年フェイロンが事情聴取を受けるときの泰然自若とした態度を見て、「ただの不良じゃなくて将来良きにつけ悪しきにつけ大きなことをやるんじゃないかしら」と近藤卓造《こんどうたくぞう》課長に報告していた。さすが松村課長の洞察力は素晴らしかったというわけだ。

そして、同じチャイニーズの他勢力。香港や広東省、東北部、内陸部、北京や上海などの都市部、それぞれの出身地域の若者たちが、それぞれファミリーとして固まって組織を作っていた。そして他地方の出身者を攻撃し支配しようとした。

ただ日本側の公安関係者には、日本語もろくに話せない乱暴者同士がお互い潰しあってくれるのだから、高みの見物と洒落込んだほうが楽だと公言する連中もいた。

しかし昭和から平成にかけての〝横浜春秋戦国時代〟の死闘の歴史が決着し、覇者が劉飛龍になるまでには一〇年はかかったが一五年はかからなかった。公安が手を抜いている隙に横浜を中心にフェイロングループが裏稼業だけでなく表社会にもしっかり根を下ろしたのは、彼らにとって明らかな誤算だった。

もちろん、フェイロンにとっての最大の敵は日本のヤクザである。

カプリアイランドのある土地とビルは、一九九七年に香港との合弁会社であるフェイロングループの企業に買い取られている。

銀星会は一九八九年に会長の前尾が鷹山と大下に正当防衛で射殺されたあと、約一〇年間で衰退の一途を辿った。その一〇年のうち後半五年は若手筆頭で武闘派として有名だった二次団体元山組の元《もと》山《やま》組長がトップに君臨し、銀星会全体に新体制を敷こうとしていた。

ヤクザ組織はトカゲではない。尻尾どころか頭をもがれても胴体から頭にふさわしい悪辣な細胞が躙《にじ》り出て元のトカゲの形を作る。トカゲより生命力があるのだ。

元山が若いのにかかわらず頂上に登れたのは、跡目争いに勝てる圧倒的な暴力軍団を統率していたことと、覚醒剤で得た資金をフロント企業にすべて回して表の社会で——金融や不動産会社が中心の事業だったが——法律ギリギリのシノギをするようになったからだ。

元山は五年足らずで傘下のフロント企業群を整えた。

フェイロングループと新生銀星会、二つの勢力は、バブル景気が終焉を迎えても、その支配地域を拡大させた。表社会の人々が生み出し巷に溢れかえったカネを政府と銀行は必死に回収しようとしたが、地下の者たちはそのカネをしこたま貯め込んでいった。裏社会の勢いある組織にとっては自分たちがそれぞれに大きくなっていくのに邪魔が入らない良い時代だった。

しかし、華人は華人、邦人は邦人と闇社会で棲み分けができている期間は短かった。ついに両者が激突する日がきた。

その発端になったのがカプリアイランドで、その中心には夏子がいて、結果的に闘争の炎に油を注ぐことになったのが鷹山と大下だった。

中華街のメインストリートから少し外れたところにあるカプリアイランドは、一九九七年のオープンから二年経ち、連日多くの客で賑わっていた。最初は当時熟年と言われた中年層のジャズ愛好者たちが、横浜で本格的なジャズが聴ける店だという評判を聞いて集まっていた。

フェイロンが横須賀基地《ベース》のアメリカ兵から情報を集めて、退役直前のジャズ経験者をリクルートして、日本人のベテランジャズマンと組ませた。そこに発するケミストリーが時代に合った横浜ジャズのセッションスタイルを作った。巧緻なテクニックを誇る日本人のジャズミュージシャンと、荒削りだがパワフルな演奏が持ち味の黒人の元海兵隊員のセッションが繰り出す即興演奏《インプロビゼーション》は、聴き応えがあった。

人気が決定的になったのは開店一周年を記念し新人ボーカリストをオーディションして店に出すようになってからだ。その中から生まれたスターがＮａｔｓｕｋｏ《ナツコ》こと永峰夏子だった。テレビの深夜番組——けれど全国放送——に短く取り上げられたナツコのライブは、たちまち中高年の常連客が肩身の狭い思いをしてしまうほど若いサラリーマンたちを新たに惹きつけ、店の動員に繋がった。席の先着予約は争奪戦となり、のちに抽選となったが高倍率を突破するのは大変だった。

フェイロンはプロモーターとしても才能があったと言える。

今思えば、ほとんどの客は「失われた一〇年」に続いてさらに出口のないトンネルのような経済不況が日本に襲いかかるなんて考えもせずに、ナツコの歌に聴き入って、日頃の憂さを晴らしていた。

あるとき、自分の縄張《シマ》にあったキャバレーがフェイロンの手によってカプリアイランドとなり大盛況になっているることが気に入らない元山組長が、敵情視察のついでに嫌がらせをかまそうと子分どもを引き連れて来店した。

その日はスペシャルデーでいつもよりも多めのセットリストでナツコが歌う日だった。

ナツコはいつにも増して情熱的に恋の歌を歌った。

初めての元山は一曲目で魅了された。

まだ四〇そこそこの元山は、シノギを忘れるくらいカプリアイランドに足繁く通うようになり、しばらくするとナッコにストーカーのように付き纏った。フェイロンはもちろんナッコを守ろうとして中国人のボディガードをつけた。

ナッコはボディガードが近くにいることで自分の行動が制限されることを極端に嫌って、「ボディガードをつけるなら店を辞める」とフェイロンに言い放った。

自由でありたい。

好きな歌を好きに歌っていたい。

それが彼女のシンプルな願いだった。


ナッコはオーディション合格当時から恋愛に関して奔放で、セッション候補の外国人ミュージシャンや、言い寄ってくる中で気が利いたファンと付き合っては別れた。魔性の女などと噂して徒《いたずら》にナッコを傷つけようとする人間もいた。もちろん噂の出所は彼女に適当にあしらわれた奴らだ。ナッコは男からアプローチされたとしても、必ず相手は自分で選んだ、あるいは相応《ふさわ》しいと認めた。男から選ばれるということはなかった。恋愛の主導権は常に彼女にあった。

「ナッコは恋と別れを歌い上げ、新しい恋に落ちたらまた新しい歌をその恋に捧げるタイプの歌手だ」

最終的にバンドを組むことになった日本人ピアニストの安倍《あべ》は、ナッコのことをフェイロンにそう評していた。安倍がナッコと恋人の関係だったかは定かではない。

そうして恋を重ね、歌を歌い続けることでアーティスト「ナッコ」はできあがった。

ボディガードの件も結局、最後はナッコが望む環境を保証した。妥協点として、かろうじてドライバーだけは、屈強な身長一九〇センチの李《リー》を指名した。リーは図体もデカいが顔に特徴があり、目と口の間が異常に離れていてヘラジカを思わせた。彼が運転するアメ車のリンカーン・コンチネンタル・ショートリムジンは、ナッコが寛《くつろ》げるようにとのフェイロンの心遣いだった。

ヘラジカのリーはナッコを乗せてマンションからカプリまで毎日リンカーンで送り迎えした。

一度フェイロンから付き纏いを警察にチクられた銀星会の元山は、「ナッコに近づくのは店を替わるように交渉するためだ。彼女にふさわしい待遇でウチの系列店に来てもらうためのマネジメント交渉をしたいのだ」と主張し、付き纏いをしているわけではないと、雇われ弁護士を通じてみずからの行為を正当化してきた。

フェイロンは仕方なく二つの方策を講じた。ひとつは自分がなるべくナッコと行動を共にするということ、もうひとつは相手の弁護士による言い分に反論すべく、警察にストーカー被害届を正式に提出することだった。いわゆるストーカー規制法が施行される前であったが、警察に「何かあってからでは遅い。なぜなら相手は暴力団であるからだ」とみずから率いる組織の非合法性を棚に上げて協力を仰いだ。

しかし、県警本部は具体的にはまったく動かなかった。事件が起こる前に彼らが動くことはない。少なくとも当時、彼らを動かす法律はなかった。

そこに登場したのが鷹山と大下だった。単に付き纏いが犯罪に発展することへの予防的対応であるなら、それほど前のめりにはならないはずだったが、相手が銀星会の元山だと聞くと鷹山の目付きが変わったのを大下は見てしまった。

組長の前尾を倒して潰れたと思っていた銀星会が、元山を頭《かしら》にして再起している。鷹山は刑事になったときから銀星会を目の敵にしていた。その復活は鷹山には、自分の成し得た一番の実績が踏み躙《にじ》られたと感じられたのだった。

そして大下は、鷹山に連れられてカプリアイランドの様子を見に行ったとき、鷹山がフェイロン側に必要以上に肩入れする傾向にあると感じた。もちろん銀星会への闘争心もあるのだろうが、その日ステージで見たナツコの魅力が鷹山の行動に影響していることはすぐにわかった。

「タカ、暴走すんなよ。タイプの女には弱いからな」

「いちばん酔えるのは、いい音楽といい女のカクテル、だろう?」

大下の軽口を鷹山が軽口で受け流したので、大下もいつものことだと思い直した。そしてそんな会話をしたことさえすぐに忘れてしまった。

一九九九年七月一七日。ナツコのバースデイライブ。

陽が沈む前にカプリアイランドは立ち見席までいっぱいで異常な盛り上がりを見せていた。その日は他のバンドセッションはなく「Natsuko《ナツコ》 and《と》 Abe-Quartet《アベカルテット》」のワンマンだった。夏の陽の名残りと客たちの熱気が相まって、カプリアイランドのステージには薄く靄《もや》がかかったように感じられ、神秘的にさえ見えた。

まずバンドメンバーが登場してそれぞれの楽器に着くと、すぐに演奏が始まった。オープニングナンバーは安倍オリジナル。ハービー・ハンコックの「Dolphin Dance」を彷彿とさせる軽快で、尚かつ味わい深い楽曲だ。それぞれ、アルトサックス、ドラム、ベース、そして最後に安倍のピアノと、ソロパートをメンバー紹介のために織り交ぜて最初の演奏が終わった。

ドラムのスネアーが最後のフレーズを綴ったのと照明暗転がシンクロして静寂が支配したあと、一斉に拍手が鳴り響く。最初の曲への賛辞、それ以上にナツコの登場を待ち望む拍手に「ナツコ」という掛け声が重なった。

スポットライトが暗闇の中に一筋当てられる。

そこはバンドがいるステージの中央から客席に突き出た形になっている場所で、いつの間にか立っているナツコが浮かび上がる。

白い肌を強調するように背中が腰近くまで空いた、ノースリーブの細かなスパンコールをちりばめた真っ赤なドレスを身に纏ったナツコが煌《きら》めいている。

一瞬バンドのイントロ演奏が掻き消されるくらいの声援が飛んで、すぐに止み、皆が歌を待った。

ナツコのボーカル一曲目はガーシュウィン「Summertime」から始まった。

最初のフレーズから圧倒的な歌唱力で歌姫が魅了する。

最初のブレスで観客の吐息と魂は舞台に吸い取られていく。

ナツコはそれをさらに歌う力に変えて声を震わせた。黒人歌手たちでもジャニス・ジョプリンでもなく、スタンダード曲が持つポテンシャルを自分のものにして歌い上げるのを得意としていたナツコの「サマータイム」だった。

曲が進むにつれて文字どおりナツコワールドがカプリアイランドの空間に構築され客を包み込んだ。曲が終わったときにため息をつかない者はいなかった。

「こんばんは、ナツコです。今宵はカプリアイランドにお越しいただきありがとうございます」

最初のトークコーナーに入ったときに、入り口のドアが派手な音を立てて開き、元山と銀星会の厳《いか》つい若手連中が入店してきた。

店の中央あたりのテーブルに陣取った上品そうな老夫婦を、角刈りの子分たちが睨みを利かせたただけでどかすと、元山はその席にどっかりと腰を下ろした。

ウエイターに合図してシャンパンを二本注文し、一本は自分の席に、もう一本は舞台の上のナッコにグラスと共にサーブさせた。

ナッコはステージ中に興が乗ってくると酒を飲みながら歌うことがよくあった。常連はそれを知っていてライブ中のナッコにお酒をプレゼントしたものだ。

普段は客の好意に対し、お酒が好きなナッコはアルコールという潤滑油を得てさらに艶《つや》っぽくなった歌声でお返しをしたが、その日は違った。

元山からのシャンパンが入った脚の長いボトルクーラーをステージから床に倒し、曲を変更してラストナンバーのはずのミシェル・ルグラン作曲「I will say goodbye」を歌い終えるとステージから下りてしまった。

ナッコのライブはたった二曲で終了した、いや、中断された。

そのナッコの態度に元山が黙っているわけはなかった。すぐに支配人を締め上げて責任者を、すなわちフェイロンを呼び出させた。他の観客たちはその剣幕に押されてすごすごと退場していった。残ったのは怖いもの見たさの野次馬少々と、バーカウンターにいた鷹山と、少し離れた後方の立ち席にいた人下だけだった。

フェイロンとガタイの良い数人の黒服が舞台袖から降りてきて元山たちに対応した。

「何かお気に召さないことでもありましたか、お客様」

フェイロンはかつて先住民の長と初めて顔を合わせたときの西欧の開拓者のように慇懃無礼《いんぎんぶれい》な態度で言った。

「てめえ、自分んとこの歌手にどういう教育してんだ。こっちは金払ってきている客だろが」

「お気に召さないのでしたら、今すぐチャージ代とシャンパン代を払い戻しさせていただきますが」

「ふざけろ。夏子を出せ。ここに呼んできて土下座でもさせてもらおうか」

「お引き取り願えますか……、チンピラが」

フェイロンの言い方が一気に変化した。

「二度と来るな」

「なんだと」

怒り狂った元山の怒声を合図に、手下たちは懐からナイフを取り出した。残っていた野次馬たちは一斉に物凄い速さで店の出口目指して殺到した。

大下と鷹山が割って入った。

「そこまでだ元山」

「フェイロン、こんなゴキブリみたいな奴でも客は客だぜ」

鷹山がフェイロンと元山をむしろ挑発しているように大下は感じていた。鷹山はどちらかというとフェイロンに味方している。鷹山がフェイロンの近くに立っているからだけではなかった。今となってはフェイロンではなくてナツコ側に立っていたとわかるのであるが。

人前でナツコにこっぴどくフラれ恥をかかされた元山は腹の虫が治まらない。ただ、警察が、しかも一番厄介であぶない刑事が介入してきたのだから、ここは一度引き下がるしかなかった。

手下から奪ったナイフを深紅のベルベット地のソファに突き立て一気に切り裂いた。そして、フェイロンの部下が差し出した札をもぎ取ると宙にばら撒き、捨て台詞を残した。

「修理代だ。次は修理できないものにナイフが刺さるかもしれないから気をつけるんだな」

去っていく元山を見送る鷹山とフェイロンが、目線を交わしたように大下には見えた。

それ以降、銀星会の、ナツコに対する嫌がらせと、カプリアイランドへの徹底した営業妨害が始まった。

ナツコには元山の子分たちが、当時はすでに下火になりつつあった人気アイドルの親衛隊のごとく付き纏ったし、店の前には銀星会組員の車両が無断駐車して入り口を封鎖するなどという古典的な嫌がらせは日常茶飯事で、とくにナツコ目当ての客に限って脅しをかけたりしていた。もちろんヘラジカ・リーはその巨体と風貌がもつ威圧感をして抑止力にはなったが、フェイロンが厳命していたので銀星会の挑発には反撃せずよく耐えていた。

一ヵ月ほどすると流石のフェイロンも再度、県警本部に助けを求め、所轄の港署にも動いてほしいと根回しを始めた。とはいえ警察や行政関係者に頭を下げるタイミングとその仕方を心得ていたということだし、それくらいのことができる知恵と地位を横浜で築き上げていたフェイロンだった。

普通であれば所轄の生活安全課担当が対応するところだが、その前年にテロを企んだ国際的な傭兵軍団と派手にドンパチをやらかしながらも横浜港に突っ込んでくるタンカーの爆発を阻止した大事件以降、暇を託《かこ》っていた鷹山と大下に、銀星会案件ということで正式に命令が下った。港署捜査課の深町新三《ふかまちしんぞう》課長は当初二人を担当させることに抵抗したが、鷹山の強い意志表明もあり、県警の意向を飲み込んだ。

ただし、実際にボディガードとしてナッコに帯同したのは鷹山だけだった。その頃、バブルが崩壊して地上げや株式による派手なしのぎが成立しなくなった犯罪組織は、保険金目当ての犯罪やオレオレ詐欺などの新しいしのぎを開発して金を集めていた。本来であれば県警二課の担当する仕事が膨大となり、所轄捜査課も駆り出されて暇ではなかったからだ。ボディガードとして駆り出されなかった大下は、主に町田とバディを組んで煩雑な仕事を丸ごとこなさざるを得なかった。

フェイロンと鷹山という立場の違う二人の男に守られた中でのナツコのステージは急速に円熟味を増していった。その夏のジャズ専門雑誌のベストボーカル部門で、東京で活躍するベテランシンガーに混じって新人ながらトップ5にランクインした。

厳重警戒の中でのライブは悪影響をもたらすかと思われたが、逆にナツコの歌唱に妙な高揚感を与えた。それは元山の報復にいつか遭うのではないかというフェイロンの危機感と、これが最後のステージになるのではと思って歌うナッコの緊張感が混じり合ったせいだ。ただ一度だけという至高のパフォーマンスが確かにそこにあった。

プライベートレーベルで発売したライブ録音ＣＤ『Natsuko at Capri-Island』はその年の秋、そんな状況の中で収録された。ナッコが一週間日替わりで異なるナンバーを歌い上げ、それをまとめたものだ。限定で五〇〇〇枚ほどしかプレスしなかったので、今ではネットで幻の名盤として高額で取り引きされているという。

そんな状況がしばらく続いて、一九九九年も終わりに近づいた、もうすぐミレニアムの二〇〇〇年を迎えることができると人々の高揚感が横浜に、そしてカプリアイランドに満ち始めていた頃。

クリスマスの事件が起こった。

毎年年末は特別なプログラムを組んでいたカプリアイランドだった。大晦日から元日にかけての〈年越しライブ〉は、レギュラーミュージシャンを中心に紅白的なオールスター出演のプログラム。その前の一週間はいつもとは違ったミュージシャンを組み合わせたライブセッション。そして、クリスマスイブはワンマン＋αのプログラムでもっとも人気のあるミュージシャンを中心として、そこにゲストがフィーチャーされた。

もちろん、そのイブのメインはナッコでいつもどおり安倍カルテットと組み、東京からナッコとプレイしたい大御所たちが招かれていた。ファンからすると中途半端な終わり方をしたバースデイライブが不完全燃焼となってしまったので、その失われた時間を取り返そうとしていたし、ナッコ当人もいつにも増してスペシャルライブに向かって集中を高めようとしているのがわかった。

セットリスト、衣装合わせ、綿密なリハーサルに時間を費やすナッコ。鷹山は極力そのスケジュールに合わせて行動した。

二四日当日、予定より早くカプリに入ってリハーサルしたいというナッコのリクエストで、急遽開演二時間前に迎えに来たリーが運転する車で、マンションからナッコと鷹山を乗せ、カプリアイランドに向かった。

駐車場の安全を確認し、後部座席にナッコを乗せて重いドアを閉めると、鷹山は助手席に乗り込んだ。車はバースデイライブ事件の後、フェイロンがどこから手配したのかキャデラックの改造車に変わった。

鷹山は最初にその車を見たとき苦笑いしてしまった。もしものことがあっても弾除けになり、籠城できる車が選定されたことが、鷹山には一目瞭然だったのだ。窓には簡易ながら防弾仕様が施され、撃たれても走行できるランフラットタイヤを履いていて、多分車体には防弾チョッキに用いられているケブラー素材が埋め込まれているのだろう。後のアメリカ大統領専用移動車であるキャデラック・ワン〝ビースト〟まではいかないまでも、アメリカのストリートギャングのボスや南米の麻薬カルテルの幹部が使う車くらいの防御効果は備えていた。

同時にフェイロンがナッコを守ろうとする気持ちが込められている、黒光りするその車体は、鷹山に軽い焦燥感を感じさせた。あとで思うとそれは明らかな嫉妬心だった。

その機能をどこまで把握しているかわからないが、運転手のリーは普通のリムジンを運転するようにスムーズにステアリングを切り丁寧にブレーキを踏んだ。ヘラジカみたいな図体と顔には似合わない優しい運転だった。

カプリアイランドの通用口がある裏通りは一方通行になっていて、幾分狭く、歩行者や自転車に注意しながら車を運転しなくてはならなかった。ショートリムジンのデカい図体ではなおさらだ。

その一通に入る前の交差点脇にある駐車場が気になった。いつもは車がまばらに置かれている程度なのに、その日はなぜかいっぱいだった。クリスマスイブの買い物客たちが中華街や元町に繰り出すために停めているのかと思ったが、すべて黒塗りで同型のセダンだったのが、鷹山の違和感の震源地だった。

その振動は大きく鷹山を揺さぶることになる。

キャデラックが路地に入ろうとしたところ、駐車場から出てきた黒いセダンが強引に前に割り込んだ。そして、キャデラックの後ろにも駐車場から出てきた同型の車がピタリとついた。そしてゆっくりと停車させられた。

リーはクラクションを鳴らしたが、両方の車は動かなかった。

「リー、俺が合図したらフルスピードを出して、前の車を押し退けてでも前進しろ」

そう言うなり鷹山は左脇下のホルスターからガバメントを取り出し、安全装置を外しスライドを引いて弾丸を装填した。

「鷹山さん、この車は」

「わかってる」

予定より二時間も前だ。カプリには戦闘に耐えられる強面護衛担当スタッフは、まだ入っていないはずだ。フェイロンたちの助けはない。

「どうかしたの？」

後ろの席からナツコが声をかけてくる。

「奇襲だ。伏せていろ」

短く答えてポケットから携帯を取り出し、大下へのホットラインに電話する。

四コール前にユージが出る。

「タカ、どうした」

「ユージ、嬉しくないパーティに招待された。カプリの裏通り」

「主催は？」

「銀星会。たぶんクラッカー付き」

「OK。三分四五秒くらい。新記録出せると思う」

「期待している」

前後両方の車から着崩したスーツに、目出し帽の覆面というまったくセンスのない格好をした男が、二人ずつ降りてキャデラックを取り囲んだ。

「いまだ。リー」

リーはシフトをローにして思いっきりアクセルを踏み込んだ。前の車とは車間距離は二メートルもなかったが、バンパー同士が激突した衝撃は後部座席のナツコにも伝わって短い悲鳴をあげた。

車外では左前にいた男が一人撥《は》ねられて倒れた。

キャデラックは前を塞いでいる国産車をそのまま押して一〇メートルくらい走ったところで、前の車が必死にサイドブレーキを引いたのか速度が落ちた。

覆面をした男たちは倒れて動かなくなった左側の男をそのままにして、残りの三人がそれぞれ懐から拳銃を取り出し、「車から出ろ」と合図している。

リーはそれを無視してアクセルをさらに踏み込み、時速三キロくらいのスピードで五〇メートルくらい先にあるカプリの裏口に向かって障害物となっているセダンを押しながら前進させていた。裏口からさらに二〇メートル行くと表通りに出る。店に退避するか、通りまで出て逃げるか、状況を打開するにはふたつにひとつだ。

「そのまま、裏口まで行くんだ。リー」

鷹山も銃を構えたまま男たちのさらなる出方を待った。

ジリジリとキャデラックはセダンを押して前進する。流石に六四〇〇cc、V8エンジンを積んでいるだけはある。

あと三〇メートル。

「リー、あと少しだ。応援も呼んだ」

そのとき、後方の駐車場から、もう一台の黒塗りの車が近づいて車列の後ろについた。

ドアが開き、覆面もせずに元山が降りてきた。二人組員を引き連れている。

組長みずからお出ましか。

「何やってんだ。タイヤを撃って止めろ」

組員たちは至近距離からタイヤを撃ち抜いた、はずだったが効果はなかった。大統領の車と同じで撃たれても一〇〇キロは走行できるというタイヤだ。

怒り狂った元山はさらに指示を出す。

「窓をぶち破って、ナツコを攫《さら》うんだ、よこせ」

拳銃を組員から奪うと運転席のリーと助手席の鷹山に向けて撃った。

銃撃の跡がガラスに残るが貫通はしない。

苛立った元山はドアノブを集中して狙って弾丸を撃ち込んでくる。裏通りといえ、こんな街中で拳銃をぶっ放すなんて理性のかけらもない奴だ。弾丸を撃ち尽くすとマガジンを入れ替えさらに撃ってくる。元山の顔に狂気が広がっていくのが鷹山にはわかった。

「覚醒剤《シャブ》喰ってるな」

鷹山は思った。

「ユージはまだか?」

防弾車とはいえ連続して撃たれたら堪《たま》らない。そのうち綻《ほころ》びが生じるはずだ。

あと一五メートルのところで、リムジンは衝撃と共に減速した。

黒塗りの車がさらに一台、一方通行を逆走してきて前の車を押しているせいだ。

流石にキャデラックでも二台の車は押し切れない。

「鷹山、出てこいよ。勝負しようじゃないか」

何が勝負だ。一対六で勝負するほど自分の命を軽んじてはいない。

リムジンは止まった。

リーがハンドルから手を放した。

「諦めるな」

鷹山のことは無視して大きなグローブボックスからマイクロUzi《ウージー》を取り出した。

「リー、よせ。そんなもん取り出してどうしようって」

「やめなさい。リー」

落ち着いた声でナッコが諭すように語りかける。

この女はどこまで肝が据わっているんだ、と鷹山は思い、さらに愛しさが増して、自分が命を懸けて守ると心に誓った。

「ナッコさんを守れなければ、俺どうせフェイロンさんに殺されますから」

と言うなり五センチほど開く運転席側の窓ガラスを下すとオートにしたウージーを連射した。組員たちは地に伏せて弾丸を避けたが、避けきれなかったひとりが被弾して路肩に転がった。助手席側に回った組員たちが鷹山側の窓に集中砲火してくる。窓は弾をとおさないがすぐにひび割れて白く濁ってしまった。いくら防弾仕様とはいえそんなに長くは持つまい。

リーは運転席側のドアを開けて外に出ると、車の反対側にいる元山と組員にウージーをお見舞いした。

元山は幹部組員を盾に逃げたが、他の覆面たち二人は倒されて、銃撃は止んだ。

「もう大丈夫。早く店……」

バシッ。

銃声がリーからその後の言葉を奪った。

ヘラジカがゆっくりと大地に倒れていく。

キャデラックの動きを止めていた前の車に乗っていたヤツが撃ったのだ。

「リー！」

「ナツコ、ドアをロックして、そこを動くな」

と声をかけ、鷹山は左ハンドルの運転席側の窓を上げてからリーを助けようとして体勢を低くして車を降りた。

側頭部に穴が空いたリーはすでに静かになっていた。

鷹山はドアを閉めて前方を確認したが、車の陰に隠れているのか敵は目視できない。

そのとき、鷹山のすぐ右側の運転席ドアに着弾、咄嗟に振り返る時間もないので左脇にガバメントを差し込んでノールックで後方に銃口を向けて二発撃った。

ドサリと音がして、リーによる銃撃の生き残りがひとり倒れた。

鷹山はトリガーに指をかけたままガバメントを構え、身を低くして前進する。前の車二台のどちらかの陰にリーを撃ったヤツが潜んでいるはずだ。

一台目は誰も乗っていない。

二台目の車もカラだが運転席側の窓が開いている。

リーはどうやらそこから撃たれたようだ。

助手席側のドアが開いていた。逃げられたか。しかし、まだ近くで潜んでいるはずだ。残っているのはヤツと元山と側近の三人のはずだ。

後ろ側から銃声がして、今度は振り返ると元山の側近が撃ってきた。

身を翻《ひるがえ》して車のフロントに体を乗せてうつ伏せになり応戦した。

互いに二発ずつ撃ち合う。

至近距離に着弾したが無事だった。鷹山が放った弾丸も僅かに逸れた。

どうする？

中腰になりフロントガラスを通して相手の位置を確認しようと思った。

そのときウージーが連射される。

元山の側近がリムジンの後部座席側の窓ガラスに向けて撃ちまくっている。リーのウージーが敵に使われているのだ。

ナツコがあぶない。

鷹山は咄嗟に二台目の車のフロントから屋根に駆け上がり、自身が標的になるのも構わずにウージーを撃ちまくっている側近に弾丸を連続して撃ち込んだ。

側近は被弾して叫び声を上げながら倒れた。

屋根から飛び降りてリムジンの後部座席側のドアに駆け寄る。すでに窓ガラスは半分落ちかかっている。

「ナッコ！」

叫ぶと、ドアロックが中から解除された。

鷹山はドアを開けて「大丈夫か？」と確認すると同時に、ナッコが抱きついてきた。

腕の中でナッコが大きく深呼吸したのがわかって安堵した。

「大丈夫。リーは？」

鷹山が首を振ると、ナッコも同じように首を振った。

派手なドンパチに近くの住人が気付かないわけがないだろう。誰かが通報したのか、パトカーのサイレンが遠くで鳴っている。

「カプリに連れてって」

防弾リムジンは充分にその役割を果たしたが、すでにその機能は失われた。

裏口まであと十数メートル。元山ともうひとりが待ち伏せて攻撃を仕掛けてくるはずだ。しかし、二対一、このままでは相手が有利だ。

あたりを確認してナッコを車から外に出す。

ガバメントの弾丸は残り僅かだ。

腰ホルスターから左手でボディガードを取り出して二挺拳銃となる。

銃を持った両手を左右水平に挙げてナツコを守りながらカプリアイランドの裏口ドアに向かった。

四方からパトカーのサイレンが次第に大きく鳴り響き、鷹山を一瞬安心させた。

銃声。

最後の覆面男がカプリの裏口近くに潜んでいたのだ。

左手のボディガードが火を吹いて覆面男は倒れた。

さらに道の反対右手から銃声が二発。

反射的に両手の銃のすべての弾丸を撃ち尽くした。

右手に潜んでいた男が膝から倒れた。見ると元山ではない。しまったもうひとりいたのか。

銃声。

ナツコが短く悲鳴を上げた。

同時に左脇腹が熱く焼ける。

隣のビルに隠れていた元山が現れ、リボルバーをナツコに向けている。鷹山はナツコを庇い、元山に立ちはだかる。

「死ね鷹山」

元山の銃が火を吹く。

「タカ！」

ナツコは鷹山が崩れていくのを後ろから必死に支えようとしたが無駄だった。鷹山は膝から落ちアスファルトに沈んだ。

「タカ！」

ナツコは叫び続け、鷹山を抱き起こした。

元山はゆっくりと近づき鷹山にとどめを刺そうと拳銃を向けた。今度はナツコが必死に鷹山に覆いかぶさって守ろうとした。元山は引き金を引くのを一瞬躊躇《ためら》った。あとは鷹山にとどめを刺してナツコを拉致するだけなのだ。勝利も女も我が手にあるのだ。それが元山の過ちだった。いい女はいつも大事なところで男の判断を狂わせる。

「ダン」

銃声と共に元山の肩口を真横から弾丸が貫いた。

大下が放った弾丸だった。

元山は路上を転げ回って苦しんで、痛みに耐えかねて失神した。

「タカ、大丈夫か？」

大下が全力疾走で駆け寄り、出血している鷹山のシャツを押さえた。

ヤバいと思った。

「救急車を早く、タカを助けて！」

ナツコが叫ぶと、それを制するように鷹山が弱々しく手を上げた。

「ユージ、遅かったじゃないか。パーティは終わっちまったぜ」

「何言ってんだ。素敵な夜はこれからだろ、タカ」

「クラッカーの数が予想より多くてさ。ナツコを頼む」

「わかった。もう大丈夫だから」

「タカ！」

鷹山の体の力が抜けていく。

ナツコの叫び声が数十台のパトカーと救急車のサイレンにかき消された。


〈クリスマスイブの街角で銃撃戦〉

翌日、クリスマスの全国紙朝刊トップでカプリアイランドの事件は報道された。

神奈川県警始まって以来の警察官が、現場と非常線配備に動員された。ただ機動隊が現場を封鎖する前に勝負はついていたが。

ナツコは無傷で元山と手下たちの戦闘能力は完全に奪われた。そして、手下三人のそれは永遠に失われた。フェイロン側ではリーがひとり犠牲になった。警察はフェイロンと部下を徹底的に調べ上げたが、戦闘に参加したのがリーひとりだけだったことが幸いして他の逮捕者は出なかった。もちろん後日リーは派手な葬儀で手厚く葬られた。

そして、腹部に二発被弾した鷹山は、集中治療室で二日間生死の合間を彷徨《さまよ》った。

翌年、横浜地方裁判所で生き残った元山に下された一審判決は、予想では有期刑だと思われたが、結果は無期懲役。続く高等裁判所も地裁の判決を支持した。

警官を撃つということはそういうことだ。

余談として、その後に深町は港署捜査課課長から県警本部長に栄転した。港署深町新三の指揮下において銀星会を完全に叩き潰し、公安も手を焼いていたフェイロングループにもメスを入れるきっかけとなった功績は、評価されてもなんの不思議はなかった。

もともと深町はノンキャリアではあったが、大学を卒業して県警に就職した後は順調に出世コースを歩んでいたものの、トップとの折り合いが悪く港署に左遷されていたのだ。それが、官僚制度ではよくあることだが、上層部のパワーバランスに異変が生じて、元のコースに戻ることになった。そんな事情がありながらも所轄の一課長から本部長に特進するのはやはり栄転であろう。深町はカプリアイランド事件をきっかけにいろんな意味で傷ついた鷹山と大下に特命を与えて、それぞれ違ったルートで朝鮮半島からの銃と覚醒剤の密輸入についての潜入捜査をさせた。横浜からしばらく離れるように計らったのも深町の役得をフル活用した配慮だった。

だが、それはまた別の話だ。

15

事務所の屋上で月に照らされた横浜スタジアムを見ながら、大下はあの年のことを考えた。

「いろんなことがあった年だったな」

「いろんなことがありすぎた」

鷹山も遠くを見ながら答えた。

「だから俺は……お前がナツコを庇って撃たれて入院。カプリは営業停止。フェイロンも事情聴取でずっと留置場……銀星会の残党達からの報復を恐れてナツコのボディガードを引き継いで」

大下は鷹山の目を見て笑顔を作った。

「タカがナツコと……俺まったく知らなかった。二人が付き合っているのを知ってたら、ああゆうことにはなるわけないっしょ」

「ああゆうことって」

「ああゆうことさ……本当に知らなかった」

「大人の恋は秘めやかなもんさ」

二人は気まずさの中でそれ以上言葉が出てこなかった。

本当はお互いに確かめることなどせずになんとなく感じていたことだ。

彩夏さえ現れなければ、記憶の海深くに沈めておいて、そのまま墓場に収めようとしていたことだ。

鷹山は照れ隠しにテーブルの翡翠を取り上げて、もう天空近くに上がっている月にかざした。

「ユージ、見てみろよ」

大下が覗き込むと、指輪の台座に空いている隙間から月光が入り、翡翠の底部から模様が浮かんでいた。深い緑色した水の底に隠されていたもうひとつの秘宝が浮かび上がってくるように。

「タカ、これって」

16

翌朝の港署では、町田が余裕のない表情で梨花の報告を受けていた。

机の上には拡大された防犯カメラの映像から切り出された写真が数枚並べられている。

「なんで、鷹山先輩がクレー射撃場に!? しかも海堂巧と絡んじゃってるじゃないか」

「もしかして、今回の連続殺人事件関連の何かを探ってるんじゃないですか？」

私に言われても、なんて表情はおくびにも出さずに、梨花が町田を軽くいなす。

不貞腐《ふてくさ》れてしまった子供みたいに町田は応接セットの背もたれに体を預ける。

「先輩たちはもうとっくに退職してるんだ。事件の捜査なんてしてていいわけないだろ」

隣の席に座ってやり取りを聞いていた秘書の瞳が口を挟む。

「そういうことは、課長からきっちり言ってあげないと……そうですよ、課長しかあの二人に忠告できる人はいないじゃないですか」

「そうだよな。よし、俺からきっちりガツンとストレートに言ってやろうじゃないか」

町田は急に立ち上がるとピッチャーが投球練習に入る前にするように肩を軽く回して、相手を指差す動作をしながら、

「お前たちは、今はもうただの探偵だ。警察の捜査に首を突っ込むんじゃない」

「さすが課長」

と瞳が合いの手を絶妙なタイミングで入れてくる。

「迷子の子猫ちゃんでも探す手伝いをして、あぶなくない探偵とでも呼ばれていろ！」

パチパチと拍手する瞳。

梨花は「大丈夫かな？　この二人」と内心思った。

町田はそのとき、フロア中央エレベーターが開いて天敵が降り、自分に近づいてきているなどと露《つゆ》ほども思わなかった。

リハーサルにはさらに熱が籠ってきた。窓外に見えるベイブリッジに向かって、

「鷹山、大下、もうお前たちの時代は終わったんだ。余計な波風は立てるな」

言い切ったとき、課長室のドアが開いた。

「トオル、元気そうだな」

「俺たちのこと呼んだ？」

町田は振り返って五秒固まった。

「瞳ちゃん久しぶり」

「ニュージーランドのお土産あるんだけど、また今度ね」

瞳はさらに三秒固まっていたが、何とか質問した。

「薫さんは、戻ってきてるんですか？」

梨花は会話についていけず、部屋の隅に下がって直立不動で伝説の刑事を眺めている。

「あいつは行方不明」

「えっ、そうなんですか？」

「俺たち追っかけてニュージーランドまで来て、向こうで婚活始めて、それからプッツリ連絡が途絶えてさ。今ごろ結婚して幸せにしてるんじゃない。噂では、たくましいオスの羊と結婚したって」

瞳があんぐり口を開けているのを見て、大下は軽快に話を続ける。

「いや、羊みたいに毛深い男とね。冬は毛布みたいであったかいけど、夏は寝苦しいっていう噂で

「……」

「お土産もないのに何しに来たんですか」

町田が力業でなんとか話の腰を折る。

「冷たいね。トオル」

「そうだぞ、タカと俺に一生ついてくるってのは嘘だったのか」

「そんなのいつの話ですか。もうとうに時効ですよ。で、なんの用ですか?」

「車だよ、車。俺たちは車を返してもらいに来たんだ」

「ああ、あれね。あれじゃない、これどういうことですか鷹山先輩。あっ、先輩って言っちゃった」

と言いながら、クレー射撃場の海堂との写真を見せた。

「君は」

鷹山は町田を無視して梨花に視線を向けた。

「お二人の後輩です。早瀬梨花と申します。巡査部長であります。よろしくお願い致します」

と敬礼してみせた。

「よろしく」

鷹山は手を差し出し梨花と握手した。

「町田課長をしっかりと助けてやってね」

大下は敬礼で返した。

「はい、喜んで」

と如才なく振る舞うのを見て、町田は救われているのか、それとも出し抜かれているのか計りかねた。

「で、トオル、ちょっと調べてほしいことがあるんだけど」

瞳が隣から、いつかテレビで見た料亭の女将と息子の記者会見みたいに耳打ちする。

「もうお前たちの時代は終わったんだ。もうお前たちの……」

「山路さん、何言ってんですか」

「さっきあんなに練習したじゃないですか」

「どうしたの？」

「いや、防犯週間の市民警察合同参加イベントのセリフ練習で、『悪党どもよ、お前たちの時代はもう終わったんだ』ってセリフがいまいち上手く言えなくて」

「あっそう」

とまったく興味がありませんという二人の様子を盗み見て、

「そんなことより、調べてもらいたいことって何なの？」

町田が課長席に座り肘掛けにもたれ掛かってギリギリの体裁を整えるのを見て、瞳は思い知らされた。

「やっぱり一生ついて行くんだ。時効なしで」

町田が交通課に手配させたおかげで車の鍵をすんなり手に入れた二人は、彩夏が待っている駐車場に降りると、BMWに横付けした日産の新型GT‐Rの黒い覆面車に凭《もた》れて彩夏をナンパしている奴らがいらっしゃる。

「そんなガス欠する中古車よりこっちのほうがスピード出るし。俺、捜査課の剣崎」

「同じく宍戸。パトランプつければ街中でも高速と同じノンストップ。なんてね」

「どうしようかな」

彩夏は困ったふうでもなく、むしろ楽しんでいるかのように笑みを浮かべていた。鷹山と大下が若い二人の背後から近づいてくるのを見つけると、「後ろ後ろ」という昭和コントの王道のシチュエーションが目の前で繰り広げられようとしていることで、ますます悪戯っぽい笑顔が広がった。

「君たち、死にたいの、うちの娘に手を出したらどうなるかわかってんだろうな」

「もっと女性への声の掛け方を学ぶべきだな」

宍戸と剣崎は振り返り「あんたたちなんなの」と言いかけたが、どうやらそんなことはやめたほうがいいのだろうという圧《あつ》をひしひしと感じてやめた。自分たちのアプローチは決して間違いではなかったはずだが、アプローチする相手を間違えたようだ。

剣崎と宍戸はビビっている。

「ちょっと、どいてくれる？　車出すから」

と大下が言うので
「あっ、すいません」

と宍戸が言いながら数歩さがった。剣崎が顔にクエスチョンマークを貼り付けたまま突っ立っていたので彩夏が言った。

「君たちの大先輩。タカ、アンド、ユージ」

「鷹山敏樹だ」

「それと大下勇次だ。君たちのことは後輩の町田課長くんに報告しておくから」

とどめを刺された。

神奈川県警で検挙率と銃弾消費率のトップを独走し続けた伝説《レジェンド》「あぶない刑事」を初めてナマで見た。でも確かとっくに定年を迎えたはずだけど。

大下が運転席に飛び乗り、鷹山が彩夏をエスコートして車に乗り込んだ。

「刑事には気をつけようね」

と大下が彩夏に注意する。

「ろくなのがいないからさ」

鷹山が続けた。

ＢＭＷが急発進していくのを剣崎と宍戸は呆然と見送った。

17

大下と鷹山は彩夏を連れて再びワンの宝石店を訪ねた。

今回は鷹山と大下のコンビネーションで攻撃できる。先制は鷹山だ。

「ワンさんともあろう人が、この仕掛けに気付かなかったわけないでしょう」

と指輪を鑑定用のライトに翳《かざ》して見せる。

「何のことですか」

と恍《とぼ》けるワンに、

「蓮の花でしょ」

と大下が追い討ちをかける。

「ワンさん、これ劉飛龍の家紋じゃないの？」

「皆さん勘違いしてる。日本と違って中国に家紋ないね」

「でも、誰かさんがフェイロンに連絡でもしないと、中国拳法使うお友達がホテルにお迎えに来るとは思えないんだけれど、ね」

大下は彩夏に同意を求めると、彩夏は芝居がかった動作で深く何度も頷いてみせる。

「おまけに、レッカー代までふんだくられるし、どうしてくれんだよ」

大下が声を荒らげてみせると、すかさず鷹山が、

「まあまあ、ワンさんにはワンさんの立場があるってわかるけど、俺たちフェイロンとは長い付き合いなんだから正直に話してくれない」

彩夏は二人の掛け合いに吹き出しそうになりながらも、そのコンビネーションには感心していた。

ワンは観念したように話し始めた。

「確かに、この指輪は劉さんの家のものです。代々家宝みたいにしてきたものだと思います。琅玕《ろうかん》といってとても高価なものです。この色と大きさだと安く見積もっても一〇〇〇万円」

「一〇〇〇万円！」

彩夏が大きな声を上げて、手にあった指輪を落としてしまった。

転がる指輪をナイスキャッチした大下が、

「ふざけんな。昨日から九九九万四二〇〇円も値上がりしてんじゃないかよ」

「すいません。でもフェイロンさんにとっては、それ以上価値がある大切なものだと思います」

「わかった。今日俺たちが来たことをフェイロンにいちいち報告しなくていいよ。いや、近々こっちから会いにいくと伝えておいて。じゃあ行こうか」

と鷹山が促した。

「タカ、先に車に行っててくれる」

鷹山と彩夏は先にワンの店を出て路駐してあるオープンカーに乗り込んだ。

「フェイロンって人、どんな人なの」

「さっき言った通り、古いお友達さ」

「この指輪返さなくっちゃいけないわけ」

「いや、フェイロンが取り返そうと思ったなら、とっくの昔に取り返したはずさ。何らかの理由で君のお婆さんはこれを持ち続けることができた。その理由はわからない」

大下が店から出てきて彩夏にゴールドのネックレスを渡した。

「指輪のサイズが合わないようだから、これ使って首にかけておいたほうがいい」

彩夏は受け取って指輪に通すと、元町商店街の空に向かって一度掲げて見てから首から下げた。それを見た大下は満足そうに頷く。

「ワンさんが、鑑定ミスをしたお詫びって」

「代償は高くついたってわけだ」

ニヤリと鷹山が嗤《わら》う。

二人の会話が済むと、大きく息を吸って吐いて「ねえ」と彩夏が切り出した。

「行きたいところがあるの」

18

大下が車を中華街外れの駐車場に入れて斜向かいのビルを見上げた。その五階建ての古びたビルの正面入り口には申し訳程度にベニア板が打ち付けられて封鎖されていた。

三人は裏路地に回り込むと、エアコンの室外機が並んだ脇の非常階段を上がり始めた。

先頭に立った大下が三階の階段の踊り場のドアの前に来たとき、

「ちょっと待ってて」

とポケットを探りながら鷹山に合図を送った。

鷹山はドアを離れ踊り場から裏路地を見下ろして彩夏に説明した。

「ナツコが歌う日は開場を待つ客たちが、さっきの正面からこの下の路地を通ってさらに正面に、ビルを囲んで一周も二周もしたんだ」

二人が裏路地を見下ろしているその隙に、大下はピッキング道具で易々と非常ドアを開錠した。鍵穴は錆び付いていなかったし、こんなにすんなり開くなんて誰かが定期的に開けて管理しているのかもしれないと感じた。

スマホのライトを頼りに非常ドアから入ると、真っ暗な廊下を回り込んでライブスペースに繋がる大扉の脇にたどり着いた。

大下はダメ元で配電盤を探してスイッチを上げてみると非常灯がついた。やはり誰かが出入りしているのだと確信した。

防音仕様にもなっている大扉にはプルシアンブルーのベルベットが張られていて、表面は埃を被り、白く変色していて、かつては金色に光っていたであろう色褪せた装飾鋲でアーガイル柄に留められている。大下と鷹山が扉を左右に一気に開けると天窓の壊れた部分から陽光が射し込み、舞い上がった埃がジェイコブズラダーのように天井まで伸びていった。

カプリアイランドが三人の目の前に姿を現した瞬間だった。

もともとのグランドキャバレーを居抜きで使うつもりだったが、趣味の悪い飾り物はすべて取っ払ってライブ音楽を良い音響で楽しめるようなシンプルな作りにしたと、フェイロンはかつて取材を受けたジャズ専門雑誌で自慢していた。しかし、舞台の袖にある奇妙な形の南の島を思わせる椰子の木のオブジェは、直線的なアール・デコ調にデザインされた店全体とはいささかバランスを欠いていた。中央に花道のように突き出た部分を持つステージ。右手の壁側にある、こちらもアール・デコ調に整えられたバーコーナーは当時のままだったが、客席の椅子は数ヵ所に積み上げられて白いシーツが丁寧に被せられていた。かと思えば、床にＰＡ関係のコードが剝き出しになっていたり、灰皿などの備品が無造作に放置されたりしているのは、忘れ去られた時間の長さを感じさせた。ところどころ塗装が剝げているものの、鉄筋剝き出しが当時おしゃれに感じられた二階バルコニーとそこに通じる階段は、健在のようだった。天井からぶら下がったシャンデリアもどちらかといえばデコラティブで、その存在感が店全体のシンプルなデザインの邪魔をしていた。それは当時のフェイロンが所有していた、美的感覚の限界だったに違いないと、建築に詳しい鷹山は、がらんとした今のこのカプリアイランドを見て思っていた。

大下が舞台下手の照明ブースに入りメインスイッチを入れたが、ついたのは花道の先端でメインボーカルが歌う位置に当てられたスポットライト一基だけだった。

それでもその光は彩夏の心に何かを灯すには充分だった。一メートルくらいの高さの舞台に走り寄り軽々と飛び乗ると、倒れたまま放置されたマイクスタンドを起こして埃を払い高さを調整した。スタンドの先には映画『ストリート・オブ・ファイヤー』でダイアン・レインが「Tonight is what it means to be young」を歌っていたときのレトロな四角いマイクが存在感を示している。

そういえばナツコは真紅の背中が空いたドレスを好んだ。あのシーンでダイアンが着ていたドレスと似ているかもと大下は思った。

まるでセットリストにあった一曲目を自然に歌い始める歌手のように目を閉じて、彩夏は歌い始めた。もちろん電源は入っていない。アカペラだ。

曲は「Where do you go from here?」

ナツコが好んで歌った曲で、ＣＤアルバムにも収録されている。

『あなたはどこへ行こうとしているの？
それともやりきれない世界の中にこのまま居るつもり？……』

鷹山は最初のフレーズで二五年前に呼び戻され、大下は次のフレーズで現在に繋がるドアを自ら閉じた。

二人とも記憶の蒼く深い海に気持ちよく沈んでいった。

『……あなたが最後に薔薇の香りに足を止めたのはいつのこと？
あなたを導いてくれる星はどこに？
私の歌が聞こえる？
明日の朝、陽がさしたら
きっとあなたはここからどこへ行くべきなのかわかるはず』

疲れ果てた人々の心を癒して、明日に希望は見出せると謳っている。しかし曲調はメロウでアンニュイだ。

ナッコは、いつもここでない遠くに行こうとしていたような、そんな表情で歌っていたなと大下は思い出していた。

普段会話しているときも、そこに意識はなく他所へ翔んでいるように感じたことを鷹山は覚えている。

ステージでは夏子はいつもはっきりとした色の衣装を好んだ。黒とか赤とか。スパンコールがスポットライトで乱反射して、いつにも増して華やかで、いつにも増して儚《はかな》さを感じさせた、あのクリスマス前のいくつかのライブ、それは客が観たナッコの最後のライブだった。

鷹山と大下は同じ幻想を見ていた。


彩夏は気持ち良さげに歌い終えると、拍手する鷹山と大下に向かって照れ隠しに胸に手を置き、少し膝を折ってフォーマルなお辞儀をした。

ステージを見上げている鷹山と大下も、胸に手を当てお辞儀をしてそれに応えた。

「やっぱりナッコの娘だ」

「だな」

大下は気持ちが火照るのを抑えきれなかった。

「ちょっと走らないか？　クールダウンが必要だ」

「そうしようぜ」鷹山も同じ心持ちだった。

「イエーィ！　賛成」と彩夏が応えた。

非常ドアの鍵はまたすぐに開けられるように大下が少し細工しておいた。来たルートで三階の踊り場から外の鉄階段を駆け降りて車まで戻った。三人は気分が高揚しているのを抑えきれないように軽々と車に乗り込んだ。

湾岸道路に出るとルーフを収納してオープンでＢＭＷを走らせる。

午後の光が差し込んで彩夏が眩しそうにしたので、鷹山はグローブボックスの奥からサングラスを取り出し掛けさせた。

海からの風に向かってハンマーヘッドまで走った。埠頭の先端、海が煌めいている。

そこで記念撮影。

サングラス姿の三人がふざけ合いながら自撮りポーズを作った。何度も何度も撮影した。横浜湾の波光がサングラスに映っていた。ずっとこうしていたいと彩夏は思った。

「横須賀あたりまで走ろう」

と鷹山が提案すると大下も彩夏も大きく頷いた。

アクセルを踏み込むと車の少ない湾岸道路は三人だけの世界になった。

彩夏は後部座席でつぶやいた。

「どっちでもいいな……お父さん」

それは夕方になって少し強くなった海風にかき消された。

19

翌日は彩夏と別行動をしたいと思っていた二人だった。どう説明したらいいのか作戦会議を朝食前にしていたが、二人の杞憂《きゆう》をよそに「ナツコがいた横浜をもっと見たい」と、中華街だけではなくて馬車道や港の見える丘公園などを見てみたいということで、彩夏は早々に出かけてしまった。

二人は安心してゆっくりと朝食をとり、鷹山は新聞を熟読し、大下は洗濯物を干して、シャワーを浴びてからお気に入りのスーツに袖を通して、昼過ぎにとあるパーティに出かけた。

ホテルニューグランドは横浜の老舗ホテルである。

タワー館にある大広間にはドイツ人絵師ハイネによる「ペルリ提督ヨコハマ上陸の図」が壁面に描かれている。「ペリー来航の間」と名付けられたその部屋は、「開港」と「邂逅《かいこう》」をかけているらしい。

実際、その日は自分たちにとって大きな出逢いがあるはずだと期待をして、鷹山と大下はホテルロビーに足を踏み入れた。

混雑している受付をスルーしてパーティ会場に入ると、スーツ姿の男性とドレス姿の女性、中には和服のご婦人もいて、知り合い同士が多いのか、あちこちでサーブされた色とりどりのカクテルグラスを軽く掲げ合って挨拶する姿が見受けられた。コンパニオンから飲み物を勧められたが断った二人は、奥の壁に凭れ掛かって、それを待った。

会場は徐々に暗くなる。

ペルリの絵とは反対側の遮光カーテンで覆われた高い窓の下には、設置された演壇があって、ライトグレーのスーツをシャープに着こなした男が現れた。

鷹山が大下に目で合図した。

「あれが海堂だ」

拍手が湧き起こると、その男は機敏な動作で一礼し、歯切れの良い挨拶をする。

海堂の頭上には、

「ＹＯＫＯＨＡＭＡベイサイド開発プロジェクト発進式」

と書かれた横看板があり、背後に吊られたスクリーンにドローン撮影された横浜の景観が映し出された。

スピーチが始まった。

「皆さんご存知の通り、横浜は政令指定都市としては日本最大の人口を誇っています。人口減少が止まらない日本においては、人という最大の資産こそ価値があると言えませんか。ところが、東京の衛星都市とか横浜都民などと呼ばれ、経済規模は大阪の三分の二、東京・大阪と比較したら経済都市としての存在感が薄いのが横浜の現状です。どうしますか？　皆さん。この状態から抜け出すには？　住みたい街ナンバーワンにあぐらをかいて、この停滞を続けるうちに、確実に労働人口は減っていきます。反対に高齢者の割合が増え続けますよ」

人々は熱心にスピーチの内容に聞き入っているのか、海堂の大きな身振り手振りに酔っているのか、その浮かれたように熱っぽくて暗い会場の中に、鷹山はフェイロンの姿を探していた。昨夜、田中にフェイロンと海堂の動向を探ってもらおうと連絡を入れた。調べる必要もないと田中はこのパーティのことを教えてくれた。また奢ってくれよ、というリクエストも忘れなかった。

「いいですか、ハッキリ言います。このプロジェクトの目玉はカジノです。ＩＲ、すなわちインテグレイテッドリゾート、統合型リゾート、言い方はどうでもいいんです。法律では総延床面積の三％以下に制限されていても肝心なのはカジノなんです。なんで日本人はハッキリ物事を言えなくなったんですかね。我々の『ＹＯＫＯＨＡＭＡベイサイド開発プロジェクト』は横浜に再びカジノを誘致することを目標とします。新横浜カジノ構想です。綺麗事ではなく、横浜にはカジノ税収が絶対に必要だ。そう思いませんか皆さん。私の考えに賛成されない方は今すぐに遠慮なくこの会場からご退席ください。残ったあなた達こそが私と共に横浜の新しい時代を切り開くパートナーです」

海堂が両手を広げてポーズを作り締めくくると、ゲストからは大きな拍手が湧いた。

演壇の背景のカーテンが上がり、山下公園と舗道の樹々を通して、窓外の陽光が会場に現実感と共に射し込んでも、スピーチの熱は冷めなかった。演壇を降りた海堂は熱心な支持者に囲まれて握手を求められている。

フェイロンは鷹山たちから反対側の会場隅にあるテーブル近くにいた。

鷹山の位置からフェイロンに隠れるようにしている女の姿がチラリと見えた。

黒なのか濃紺なのかとても深い色のボレロとワンピースをチャイナドレス風にアレンジした服を着て、裾のスリットからスラリとした脚が見え隠れしている。あの爆発事件があった夜、埠頭で見た女に間違いない。ステラ・リーとフェイロンが名前を教えてくれた女だ。

鷹山が壁からスッと離れて歩き始めた方向を見て、大下もフェイロンを認めた。

大下は鷹山がフェイロンではなく、ドア際の女に向かっているのがわかる。

「ステラ・リー」と言って鷹山は歩を速めた。

「ああいうタイプ好きだもんね」

と、軽口を叩きながら大下は鷹山を追いかける。

ところがその女はこちらの姿を見ると、表情を変えて逃げるようにドアに歩いていく。大下には女が明らかにこの場から逃げるように見えた。

さらに追おうとする二人の前に、フェイロンが立ち塞がった。

「彼女もスケジュールがいっぱいで忙しくてね」

ドアの向こうに消えて行く女を、フェイロンの肩越しに見送った二人に、

「おひさしぶりですね。大下さんも帰ってらっしゃったんですね」

今気付いたばかりと言いたげに大仰に挨拶してくる。

「何が久しぶりだ。いきなり後ろからグサッて、あんな酷い挨拶はないだろ」

「グサッ？　違う、チクッとでしょう。あいつら大下さんのこと知らなくて、失礼したよ。若い連中でね、昔のことは知らない」

「昔のことか」

「大下さんはいつも私に厳しいね」

「悪党に厳しいだけさ」

笑いながら頭を下げるフェイロンの表情が、一瞬で変化するのを鷹山は隣で見逃さない。それでも真剣な眼差しを誤魔化すように、軽い口調で鷹山に聞いてくる。

「しかし、なぜあの翡翠を」

「特別な石なんだって」

大下が切り込む。

「ただの指輪よ。昔、私がナツコに贈った。契約金がわりにね」

「プロポーズのつもりじゃなかったのか」

「私とナツコ、そんな関係じゃなかったよ。誰があの指輪を？　ただそれだけ知りたかった」

そう言いながらフェイロンは、大下と鷹山と交互に目線を配った。

「ナツコの娘さ」

鷹山がストレートに言い放った。

「娘？　そうか知らなかった」

驚いたような目元で
「そういうことか。ナツコの娘があの指輪を……」

と独りごちる表情を見て、フェイロンが本当に知らなかったのか、それともいつもの芝居か、鷹山は間合いを測る。

そして踏み込んでさらにストレート。

「ナツコは今どこにいる」

「わからない。最後に連絡あったのはもう二〇年も前のこと。歌手もやめて香港で不動産屋と結婚したとか言ってた」

「その噂は本当だったのか？」

今度は大下が独りごちる。

「少なくとも、あの頃のナツコはもういない。どこを探してもね」

大下は妙な言い回しだと思った。そしてさっきホワイエのほうに消えていった女が気になった。女の顔がよく見えなかったぶん、佇まいが誰かに似ていると直感的に思ったが、大下はその名前を飲み込んだ。

「ナツコがどんな思いでこの横浜から消えたのか、鷹山さん、あなたが一番よく知っているはずだ」

鷹山はカウンターを食らって黙り込んだ。

そのとき、視線を感じて振り返るとそこに海堂が近づいてきた。

鷹山とフェイロンの第二ラウンドは早々にブレイクが入った。

「これはこれは、素敵な再会ですね」と鷹山に声を掛ける。

「こちらは初めてですね」

「大下勇次、元港署刑事」

「存じ上げてますよ」

海堂は引き連れてきた支持者の綺麗どころの女性たちに二人を紹介するために振り返った。また芝居がかった身振りが大きくなる。

「皆さん、こちら私の実の父を撃ち殺した元刑事のお二人です」

海堂のすぐ隣にいたワンショルダーのドレスを着た女は、どう反応していいのか困惑の表情を浮かべた。反対側にいた高そうなスーツ姿の女性は事情を知らないのであろう、「ご冗談ばっかり」と言いながら口を押さえて笑う。

「今度は私を殺しにでも」

「まだ生きてるかなと思って確かめにきたんだ」

「敵が多いんだって？　タカから聞いたけど」

笑えないジョークの応酬に女性達はスペースを空けた。

そのスペースにフェイロンが入り、二人から引き離そうと海堂を促すが、肝心の海堂自身は屈託のない子供のような口調で続ける。

「今は探偵でしたっけ？　よろしければ弊社専属のプライベートアイになりませんか？　お願いしたい汚れ仕事が沢山あるんです」

「お、運が向いてきたね。タカが選り好みするから依頼がなかなかこないのよ」

「フェイロン、付き合う相手考えろ。コイツは父親と同じで背中から撃つタイプだ」

鷹山が再びジャブを放った。

そのクリーンヒットで、フェイロンは苦笑し、隣の海堂は真顔に戻った。

「クールな眼差しは、お父さん譲りかな。ね、タカ」

「たしかに」

「腐ったイワシの目だ。知らんけど」

二人は捨て台詞を残して悠然とホワイエに向かった。

鷹山は女を探したが、そこにはもう姿はなかった。

深追いはしない。またすぐに会えそうな気がしたからだ。

20

事務所への帰り道、田中から鷹山のスマホに電話が入った。

大下にも言っておいてほしいと言うので、スピーカーモードにして運転している大下にも聞けるようにした。

昼過ぎに永峰夏子の娘だという永峰なんとかという女の子がやってきて、お前らのこと、ナツコのこと、フェイロンのことを聞かれた。もちろん余計なことは話さなかったけど、お金はあるらしいじゃないか。それとSNSの夏子の投稿の出所を探ってほしいって言うんだ。俺がお前らのところのホームページにWEBサイト制作請負の広告出していたからウチに来たらしい。あれは俺じゃなくて若いもんに任せておいたんだがな。

最後に田中は心配して言った。

「気をつけろよ。あの娘、お前らの弱点になるぞ」

案外鋭い田中だった。

「サンキュー」と言って電話を切ると、二人はそれから黙って家路についた。

家に帰ると彩夏もすでに帰っていて、ガレージスペースにハーレーを停めて点検をしている最中だった。一生懸命に作業をしているのを見て、鷹山を降ろして大下は車を近くの路上駐車スペースに停めてから事務所に戻ることにした。

鷹山が一生懸命作業している彩夏に近づくが、彼女は気がつかない。ハンカチを差し出すと驚いたように振り返った。ようやく気がついた。鷹山は黙って自分の頬を指差した。

エンジンオイルの交換をしたときについたのか、彩夏の頬に黒く汚れがついている。特別仕様の天使の羽のような形をしたバックミラーで確かめると、「あっ」と声を上げて、「いいです。大丈夫」と自分のタオル地のハンカチを取り出してゴシゴシ頬を擦った。オイルがさらに広がったので鷹山が笑うと、彩夏ももう一度ミラーを覗き込んで釣られて笑った。

「いいバイクだ」

「横浜に来る前、長崎で。長距離だったからマフラーも全とっかえ」

「そうか。バックミラーもよく似合っている」

「でしょう」

「ただ、メンテナンスは必要最低限。いじりすぎると壊れやすくもなる。もともとポテンシャルの高いバイクだからな、ハーレーは。それといざとなったら専門家に任せるべきところは任せる」

鷹山はそう言いながら、彩夏が無理せずにあまり危険な相手に近づかないでいてほしいと気持ちを込めたつもりだった。田中の情報にはあえて触れずにいた。

「ねえ、ナツコってどんな人だったの」

「一言じゃ……そうだな、正直な女だった……嘘はつくけどね」

「矛盾している」

「そう矛盾している女。いい女は嘘もうまくつける。男を傷つけない気持ちがいい嘘さ」

「男を気持ち良くするために、女は嘘をつくわけではないわ」

「嘘の美しさを共有できるかどうかで、男と女の関係が続くかどうか決まるんだ」

「難しいのね」

「たくさん恋すればわかるさ……ナツコに会ったらどうするつもりなんだ」

しばらく答えずにバイクを磨いていた彩夏が、

「本当はよくわからないんだ。会ってどうしたいんだろ、私」

「恋と同じ」

「えっ」

「恋すれば、恋の本質がわかる」

「難しいのね。よくわからない」

「会えばわかるさ、きっと」

「ちょっと、いい加減だな」

「そうかな」

二人は親子のように見つめ合って笑っている。通りの反対側を歩いていた町田透にはそう見えた。

町田はその幸せそうな時間をあえて邪魔することなく二人には声を掛けずに探偵事務所の玄関のほうに向かった。ドアを開けるとドアベルが鳴り、その音が聞こえたのか奥から大下が現れた。

「ようトオル。何の用？」

「何の用って、先輩たちから依頼された例の件、資料持ってきたんですけど」

「サンキュー。タカ、ガレージにいなかった？」

「鷹山先輩、女の子と楽しそうにバイクいじってましたよ。誰ですか彼女？」

「うちのクライアント第一号」

大下は町田に事情を説明した。

「あのナツコの娘が母親探しねぇ。それにしても二人はまるで仲のいい父娘《おやこ》みたいでしたよ」

「まるでじゃない」

「どういう意味ですか？」

「あれはタカの娘だ」

「へぇーそうですか」

とスルーしかけて声が裏返った。

「えぇー。娘ぇー」

「なに大きな声出してんだよ」

鷹山が勝手口から入ってくる。「娘」も一緒だ。

町田は彩夏の顔を近くで見て「どうもどうも」と挨拶しようとするが、ニヤニヤが抑えられない。変な人だと思われたのかもしれない。多分そうだ。

「私、シャワー浴びて、ご飯の用意するね。じゃあ後で」

と娘は行ってしまった。

「鷹山先輩、あれだけ女性口説いておいて、子供が一人もいないわけがないと昔っから思っていました。ようやく鷹山敏樹の子孫が発見されたということですか。責任持ちましょうね」

「何が子孫だ。もう一人父親の可能性がある男がいる」

と大下を指し示す。

大下は咳払いをひとつ。ノーコメント。

「なんだ。大下さんも」

と鷹山の娘の出現が強烈すぎて再びスルーしそうになったが、

「えぇー。大下さんもー」

少し息苦しくなりながら、ほとんど叫びに近い感じになっている。

「二人とも心当たりありってー。それってー」

誤魔化すように二人の咳払いがハモる。

先輩たちが見たことがないくらい動揺しているのを見て、逆に町田は落ち着きを取り戻すと、今度は笑いが止まらなくなってきた。

「ハハハ、DNA鑑定でもやっときます？　ハハハ」

「よ、余計なお世話だ」

大下はあれだけ早口言葉を練習しているのに噛んでしまう。

「ぜ、絶対やるなよ」

鷹山も焦ってしまうが、

「それより、調査結果は」

必死で本題に戻そうとするのだった。

町田はようやく笑いを収めて、

「では、その、ナツコのことですが」

と、封筒から資料を出して二人の前に置くと、説明し始めた。

「本名・永峰夏子は一九九九年に香港へ出国。以来帰国の記録がありません。領事館に問い合わせましたが消息不明。七年後に母親から、もしかしたら先輩たちどちらかの義理の母にあたる人です、失踪届が出され戸籍上は死亡扱いになっています」

「失踪で死亡」

「はい、戸籍上の手続きは済んでますね。それとSNSのほうのナッコですが、香港の富裕層をターゲットにしているみたいですが、投稿者の特定は難しそうですね。少なくとも日本発の投稿ではないです。アカウントも香港のものですし、それさえも本物かどうかわかりません。死んだことになっている失踪者がいきなり現れてスポンサー募集なんてことは不自然かと」

「消えた夏子とSNSで男を誘うナッコ……二人のナッコか」

黙り込んで何か考えている鷹山と大下は危険だ。町田の頭の中にあるパトカーの赤色灯が回転し始める。

「それと海堂の資料は？」

鷹山に言われ、仕方なく海堂の会社について梨花がまとめたレポートが入っている封筒を差し出した。もちろん捜査に関わる肝心なところは省いてある。

サッと目を通した鷹山は、

「たいした資料じゃないな。ここ最近の不審死の中で海堂の事業に関連すると思われる人間の資料が欲しい。死んだ人間と劉飛龍《リウ・フェイロン》との関係を知りたい」

赤色灯がさらに激しく回転する。これ以上居たらロクなことにならない。さっさと引き上げるべきなのだ。

「やらかさないでくださいよ」

とにかく先制攻撃だ。

「やらかすって、何言ってんだトオル」

「探偵として人を探しているだけじゃないか、な、タカ」

「もし、先輩たちがウチの庭で何かやらかしたら、忖度《そんたく》なし。法律に則《のっと》って厳しく取り締まらせていただきます。忠告しましたからね」

カウンターをドンと叩いて立ち上がり、

「大馬鹿者！」

と大きな声で言うと、

「なんて言わせないでくださいよ」とボソッと言い添えて、さっさと出ていってしまった。

「あいつ近藤課長のマネか」

「似てないさ。さあ彩夏の夕食の準備でも手伝うか」

「珍しいじゃないのタカ」

二人はカウンターの中に入って、普段は使わない洒落た食器を揃え始めた。

21

事務所ビル屋上のダイニングテーブルに地中海風の料理が並べられている。結局、鷹山も大下も料理の手伝いとしてはほとんど役に立たず、テーブルのセッティングに回った。食事が始まる頃には、ポストシーズンの横浜スタジアムで、コンサートなのか客を入れたイベントが始まり、スタンドのライトが煌々と秋空に映えていた。

「美味い」と思わず大下が声に出すと、「大したもんだ」と鷹山。大したもんだ「ウチの娘は」と本当は続けたかった。

彩夏はワインのせいか少し上気している。

「婆ちゃん以外で私の料理食べたの、二人が初めて」

男と付き合ったことはないのか、と鷹山は思ったが、口には出さなかった。

「付き合ったことないのか?」

大下が聞いてしまった。

デリカシーないのかよユージ、でも現時点で俺の最大の興味ももちろんそこだな、と鷹山は思わざるを得なかった。

「あるけど、手料理食べさせるまでには。婆ちゃんも結構うるさかったし」

二人は安心したようなガッカリしたような複雑な気分になった。

「友達からは男の人に理想を求めすぎるって。やっぱ私ファザコンなのかもしれない。父親を知らないから余計」

コンサートが始まったのか、球場から大きな音楽が聞こえ、歓声が湧いた。その声援の勢いを借りて、複雑な気分が増幅されている二人を察してか彩夏が質問する。

「ねぇ。二人って、今までずっと独身？」

「ああ、ずっと独身」

大下が鷹山を気遣って素早く短く答えた。八年前に亡くした婚約者のことなど鷹山に思い出させたくなかった。

「もしかして、愛し合っている？」

ワインを吹き出しそうになる鷹山を見て、静かにゆっくりと大下が答える。

「タカのためなら、俺はいつだって命を懸けられる」

「お互い様だ。ユージ」

彩夏がジッと二人を見つめる。

「それを、愛と言うなら、そうかもしれない」

「ああ、そうかもな」

「ちょっと、愛とか超えてない？」

三人は笑ってワイングラスを掲げた。

新しい曲が始まったのか、スタジアムのほうからまた音楽と歓声が上がりしばらく続いた。

「そうだ、私たちのチーム名、考えない？」

「たとえば？」大下が反応する。

「グラサンズ」

「ダサっ」

「そうかしら、名案あるの？」

立ち上がって大下がポーズを取りながら、

「ザ・サングラス」

「って、まんまじゃない」

と彩夏が笑いだすと、大下も笑い、二人を見ていた鷹山も微笑んだ。

食事の後、二人はいつもの席に陣取ってグラスを傾けた。彩夏は屋上から夜の街の様子を見下ろしながら、スマホをしばらくいじっていた。

「できた」と二人にスマホの画面を見せる。

大下がアニメの主人公のような声色を使って読み上げる。

『大学時代を留学生として横浜で過ごしました。そしてあなたのライブを見にカプリアイランドに通い詰めました。コメントを見て、居ても立ってても居られなくなり香港から飛んで来てしまいました。精神的にも経済的にもあなたの幸せを支えたいです。あなたの大ファン　ＴＹ』

「どう」

「いいんじゃない。グッド！」

そう言いながら、大下が八〇年代のラジカセをどこからか持ち出してきて、スイッチをオンにしてスタジアムの音楽に負けないよう音量をＭａｘにすると、偶然にもダンサブルな八〇年代のダンス音楽《ミュージック》が流れ出した。

「イェー」

彩夏はメールを送信しながら両手を挙げて叫ぶと、音楽に合わせて体を揺すり始める。母親譲りの歌のセンスがあるのはカプリアイランドで証明済みだが、踊りも上手い。大下はグラス片手に立ち上がって彩夏に合わせて踊り出す。二人の踊りはステップも腰の動きも肩や手の動きも波長が合い、見事にシンクロしていく。

「やはりこの娘とは息が合う」

大下はそう感じた。

鷹山はデッキチェアの背もたれに寛ぎながらグラスを傾けて、その様子を見ている。

「本当はユージの娘なのか？　……それでも、いいじゃないか」

と鷹山は思った。思いを巡らせながら鷹山はトマーティをストレートで呷《あお》った。

幸福な時間が流れて夜に溶けていく。

鷹山は少し飲みすぎたと思った。

22

翌日の港署捜査課はまだ朝八時だというのに鑑識係が出入りして報告が続き混乱していた。

早朝、大岡川に死体が浮かんだのだ。近くに住むジョギング中の主婦が交番に知らせてきた。あたりは野次馬で騒然として、マスコミも速報で伝えている。死因は失血死。至近距離から拳銃で二発撃たれていた。

「被害者は尾形誠、五十八歳。元外資系不動産会社ＣＯＯです。そこを独立してからはカジノ誘致を中国系企業に対して働きかけていたようです」

梨花が説明し終えると町田が質問する。

「またカジノか。ハイドニックとはどういう関係だ？」

「まだこれからです」

「直ぐ調べてくれ」

「ただ、一連の殺しと共通するところがあります。これ見てください」

モニターと接続したPCを操作し、河川の水位監視用カメラの映像をズームアップする。

「半魚人じゃないか」

剣崎が声をあげた。

迷彩調のウエットスーツに合わせた迷彩メイク、そしてゴーグル姿で顔はわからないが、特徴のある耳の尖った大男が映っている。

川崎の君田紀次殺しと同じヤツだなと町田にもすぐにわかった。

「周辺の防犯カメラには全く形跡を残していません。周辺で発砲音も聞かれていませんし、装備がしっかりしているので、サイレンサーを使って殺したのでしょう」

「ということはコイツ、水中から来たのか」

「多分、大岡川から上がってきたんだと思われます」

「半魚人みたいに水から上がって水に戻った。その間に人を殺したってことだな。しかし今回は単に見せしめではないな。はっきり映像が残っているということは我々に対しての宣戦布告か」

「一連の殺人事件ですが、やはりハイドニックの仕業ではないでしょうか。ハイドニックがアメリカ本社で急速に事業拡大しているのは、カジノなどの不動産開発よりも、むしろカジノ周りの警備関連事業と、さらにその延長線上にある民間軍事会社事業です。世界の特殊部隊の元メンバーをリクルートしてアジア、東欧、アフリカ地区の発展途上国の国軍であれ、反政府組織であれ、需要があれば合同演習のアレンジをはじめとして軍事コンサルをやっているんです」

宍戸がオタク知識を交えて解説する。

「それならプロの殺し屋なんて簡単に手配できるな」

と剣崎が続けて、

「でも自分の見立てでは、社長の海堂は捕まらないと思います、絶対に。海堂巧のバックの交友関係はもの凄いんです。政治家、財界人、もちろん軍事コンサルしている国のトップとか、国際レベルの人脈を持ってます。警視庁とか神奈川県警とかの上層部とも、もしかして」

「確かに。その噂、裏ニュースサイトでバズってたな。俺もケンの意見に乗るぜ」

今度は宍戸がカバーした。

調子に乗った剣崎はさらに続ける。

「将来は第二のワグネルみたいな組織にしたいんじゃないですか」

「プリゴジンは失敗したじゃないか」

経験値の低いおバカほど自己肯定感が過剰になる傾向があるなと、剣崎と宍戸を見て思っている町田ではあるが、自分の若い頃も思い出してしまった。

「お前ら、どこでそんな情報仕入れた？」

「SNSです。犯罪に関する闇情報の投稿サイトがあって」

町田はため息をついた。

「そんな訳もわからないもので」

いや、よそうと一瞬思ったがやめられない。

「そもそも刑事は自分の足で捜査するものだ。靴底をすり減らせ。早く行け」

そう言い放つと、梨花もついでに課長室から追い出した。

入れ替わりに瞳が来て町田に耳打ちする。

「課長、県警の八木沼《やぎぬま》刑事部長がお見えになっています」

「えっ、聞いてた？」

「いえ。そこに、もう見えています」

「こんな早くから何なんだ。入ってもらって」

と言っている隙に、どかどかと足音がして八木沼が姿を見せた。

「おう。元気か」

「どうしました？」

八木沼は勧められもしないのに、ドカリと応接ソファに腰を下ろして身を乗り出し、町田が座るのを待たず勝手に話を始める。

「単刀直入に言っておく。今日の大岡川から上がったホトケも含めての連続殺人だが、県警本部で特別捜査班を立ち上げて捜査することになったので、各所轄は特別班の下についてもらう。所轄は勝手に動かなくていい。町田、お前んところもだ」

「そういうわけにはいかない。管轄内、目の前で事件は起きてるんだ」

「元港署の鷹山・大下が、ハイドニックの海堂社長の周辺で動いているみたいじゃないか」

町田の抵抗を無視して、威圧的に八木沼が言い放った。

「そ、それがどうした」

痛いところを突かれそうだと緊張して噛んでしまった。

「あぶない二人が何かやらかすようなことがあったら、お前の責任だ」

「えっ」

「あいつらはもう刑事じゃないんだぞ。鷹山・大下が少しでも余計なことをしたら、別件でもなんでもいい、すぐに逮捕しろ。でないとお前が懲戒処分を受けることになる」

「ちょっと待て、それは乱暴すぎるだろ」

八木沼は急に背もたれに体を預けて両手を広げて寛いだ体勢になり、課長室をぐるりと見回す。

「なあ、町田。俺たちはあと少しで定年だ。たった六〇歳だ。その後の人生は長いぞ。ここで拘《こだわ》らなくていいことに拘って、例えば信念とかな、そんなものに拘ってしまったら将来はないぞ。俺の言うとおりにしとけ。そうすりゃ再就職でリッチな生活も送れるってもんだ」

八木沼は同期で、かつお互い高卒であったが、策略家といえる要領の良さと、ねちっこい性格からくるしつこい尋問で、容疑者を落とす実績で出世した。町田はいつも出世争いで苦杯を嘗めさせられた八木沼のことが苦手だった、いや正直言って嫌いだった。今も顔にそれが出ているに違いないが、隠す気もない。彼が言うとおりもうすぐ定年なのだ。

そうだ、剣崎たちが言うように、県警の上層部の乱脈ぶりが本当だったら、お前らに指示されずに俺のやり方で犯人に手錠を掛けるのだ。精一杯カッコつけて言い返した。

「俺がそんな甘い言葉に乗るとでも思っているのか」

八木沼は体を起こして町田を睨んで、

「同期のよしみで忠告してやってんだ。懲戒になるかリッチな生活か、どっちを選ぶかよく考えろ。じゃあな」

言い終わる前に立ち上がり、後ろ向きで手を振ると部屋を出ていった。

温情など信じない。ふざけるなと八木沼の背中に怒りをぶつけたかったが、デスクに座り直して深呼吸した。港署捜査課長として近藤課長、深町課長、先輩課長たちの名前を汚さぬよう勤め上げて、後輩たちも育て、なによりも犯罪を憎み、鷹山さん大下さんの良いところだけを継承していこうと思っていたのだ。今更長いものに巻かれろと言われても……。

「やっぱり、リッチな生活かな」

思ったこととは違う言葉が自分の口から漏れたので、自分に驚いた町田だった。無意識の暴露を打ち消すようにスマホを取り出してしばし考えた。その後、梨花に電話を入れた。

「鷹山先輩と大下先輩をマークしてくれ……」

23

鷹山は朝食を終えた後、ニュース速報で「大岡川に水死体が上がった」ことを知った。おそらく一連の連続殺人に違いないだろうという認識は大下も同じだった。

鷹山は漆黒の巨大な水中生物が蠢《うごめ》いていることを感じながら、その近くにフェイロンも、そして気になるステラ・リーもいるのであろうという自分の直感を信じて、フェイロンビル周辺で張り込むことに決めて出かけることにした。

「あの女、ステラ・リーだっけ。そんなに気になるのか?」

「ああ、フェイロンはビジネスパートナーと言っているが……ユージだって見たらわかるだろ。面影のあるリケありの女だって」

「面影？　って」

「いや、確信が持ててから話すさ」

大下は感じたこととは別のことを話さなくてはと思って、

「今日は彩夏といたい。彼女が焦って単独行動を取るのが心配だ」

「オーケー」

そうして、鷹山は出かけ、大下は事務所に残って事務所の片付けの続きをした。

彩夏は少し寝坊したのか一〇時頃ようやく寝室から出てきて、シャワーを浴びると大下の作業を手伝ってくれた。

屋上で陽光を待ちながらお揃いのエプロンを着けて洗濯物を干した。薄日は射しているものの、洗濯物がからりと乾くかどうか。今日はもしかしたら午後雨が降るかもしれないなと大下は思った。

「パタカパタカパタカ」

早口言葉を練習する大下に、「なにそれ」と笑いながら彩夏が突っ込むので、

「早口言葉は老化防止にいいんだ」

と答える。

大下は「はい、こちら港署、港署捜査課です」を繰り返し、彩夏に「言ってごらん」というジェスチャーをする。

「はいこちらみなとしょ、みなとしょしょうさかです」

あれ言えてないな。案外難しいものなんだ。

「その港署にいたときって、タカとユージはどんな刑事だったの？」

「犯人の検挙数は最高。拳銃の弾丸消費数も最高」

と腕を突き上げて背伸びする。

「最高の刑事ってこと？」

「もちろん。この街で一番、いや世界で一番さ」

と眼下の横浜を見渡す。

「ナツコは？」

「ナツコはこの街で最高のシンガーだった。歌を愛し、そしてこの街を愛した」

「最高ばかりなのね。なんかその頃にタイムトラベルしたい感じ」

「あの頃とはずいぶん横浜は変わった。ナツコが見たらどう思うか」

「昔だけが良かったってこと」

「いや、どうかな？　今だって悪くない。横浜が横浜であり続ける限り」

「横浜が横浜であるって？」

「おしゃれでちょっと気取っている街だけど、そのクセ人を優しく包み込んでくれる」

微笑む大下に彩夏は何か言いかけたが、着信音がしたので、エプロンからスマホを取り出す。

「来た！　ナツコから」

「なんだって？」

『連絡ありがとう。優しく私をサポートしてくれる貴方だけのためにスペシャルライブを開催します。本日一五時、@懐かしのカプリアイランド』

すぐに鷹山に連絡する。

電話を受けた鷹山は中華街のカフェの二階窓からフェイロンビルの入り口を見張っていた。二杯目のアールグレイはとっくに冷めてしまったが、ステラ・リーもフェイロンも一向に現れなかった。

時間を見ると一四時三〇分。少し早いが席を立って階下のレジに向かった。階段を降りてドアの外を見たときにタクシーからステラが降り立った。今日はタイトな濃紺のスーツを着込んでビジネスモードだ。会計を急いで済ませているうちに、ステラは対面のフェイロンビルの自動ドアの向こうに消えていく。喫茶店を出て追おうとして車道を横切ろうとしたとき、黒いSUVが鷹山のコートの裾を掠めるように通り過ぎて急停車した。咄嗟に踏み出そうとした足を引っ込め「気をつけろ」と声を上げようとしたが、後部座席のスモークウィンドウが下がり、中から男の顔が覗いた。さらに窓が下がると、男は手で拳銃の形を作り、鷹山に向けて引き金を絞る仕草をしてきた。そしてゆっくりとSUVは走り去った。車には運転手を入れて三人乗っていた。頭のできが悪そうな顔に覚えはある。海堂は鷹山の忠告を聞かずにできの悪い飼い犬を鎖で繋がなかったようだ。

鷹山はステラを追うのを諦めて大下に電話した。

「ユージ、彩夏は連れてくるな」

「どうした」

「イヤな予感がする」

大下と彩夏はＢＭＷに乗り込んでまさしく出かけようとしていた。

スマホをはずして、大下は彩夏に説明した。

「事務所に残ってくれないか。タカの予感は当たる。悪いことが起こるときには特に」

「何で？　ナツコを探しているのは私なんだから！」

と助手席で腕組みして降りようとはしない。これは無理だと大下は悟り、

「やっぱり行くってさ。一度言い出したら聞かないよ。誰かさんに似て」

「ユージにだろ」

「仕方ない。今どこだ？　迎えに行こうか？」

「いやデートの最中だ。カプリで会おう」

「遅刻すんなよ」と通話を切り、車に近づいて彩夏を見つめた。

「何があるかわからない、決して単独では行動しないと誓ってくれ。依頼人の安全を確保できない探

偵は最低だ」

大下のいつになく強い口調に、彩夏は驚いたように助手席から大下を見上げた。そして、しっかりと頷いた。大下は決意したように運転席に座ってエンジンをかけた。

24

海堂の子分が去った後、鷹山は歩速を急に上げると、中華街の大通りから比較的小さな中華料理店が軒を並べる小路に進み、自動販売機のあるコーナーの軒先にすばやく身を隠した。

小路の入り口から走ってくる足音が近づき、自販機前で止んだ。

「ご苦労様」と声を掛けてあげる。

鷹山を見逃して焦って辺りを見回していた梨花が、振り返って驚いた顔で固まっている。

「トオルの命令だろ」

「いいえ。あっ、ハイ」

「どっちなんだ」

「鷹山さんと大下さんは犯罪者を惹きつけるフェロモンを出しまくっているんで、注意して監視せよって」

意外とハキハキと答えるので、種明かしをすることに。実は尾行している影に気が付いていた。

「朝から張ってたよね」

「バレてたんですか」

「それより、今日は拳銃携帯してる？」

25

町田は普段使わない駐車場に向かう下りのボタンを押した。

エレベーターホールにほかに誰もいないのを確かめると素早くエレベーターに乗り込んでＢ４のボタンに触れる。扉が閉じてゆっくりと下降し始めた。扉が開いて降りたとき、少し黴《かび》の臭いがした。ポケットから鍵を取り出してホール奥の鉄扉に向かう。鍵穴に鍵を差し込んで重い扉を開けると、そこは駐車スペースと小さな武器庫になっていた。さらに扉を全開にするとエレベーターホールの明かりが駐車スペースに射し込む。そこにゴールドに光る車体が浮かび上がった。

そのタイミングで、梨花からの着信。

「どうした」

と出るが電波が届きにくいのか音声が割れている。

「鷹山さんがいやな予感がするって、おっしゃってます」

「尾行は？」

「朝からバレていたようで。それより拳銃が足りなくなるって」

「フェロモン全開か。わかった。すぐに剣崎と宍戸を向かわせる」

「それだけじゃ足りるかどうか」

「銃の数ではなくて銃を扱える人間の数という意味だろ。私も向かう」

通話を切ると、町田はすぐにエレベーターに引き返した。

26

大下と彩夏がカプリアイランドの非常ドアから中に入ろうとすると、すでに扉は開錠されていた。先日来たときにすぐに開けることができるように大下は細工しておいたが、やはり我々以外に出入りしている輩がいるようだ。音を立てないように注意深く通路を通って配電盤のスイッチがオンになっているのを確認すると、腰を低くして防音扉からカプリのホールに入った。

天窓の外は厚い雲で覆われていて、今にも降り出しそうな空だったので、カプリは眠っているように暗かった。

低い姿勢を保ったままの大下と彩夏は、しばらく誰かが潜んでいるのではと思い、声を出さず積み上げてある椅子の山に回り込んでその裏も確認したが、誰もいなかった。

ほっとして立ち上がったとき、鷹山が入ってきた。続いて梨花も。

大下が質問する前に鷹山が、

「トオルの差し金だ」

察した大下が梨花に、

「デートの邪魔して悪かったな」

「お相手するには力不足でした」

梨花はペコリと頭を下げる。

梨花を彩夏に紹介しようとしたとき、彩夏はステージの方向を見て驚いた顔で呟いた。

天井のスポットライトだけがついたのだ。

「お母さん!?」

その声はブーンというアナログスピーカーが立ち上がる音に続いて始まった、大音響のカラオケに掻き消された。

昭和四七年の日本レコード大賞受賞曲「喝采」のイントロが流れ始めた。

何が起こっているのかと鷹山と大下はステージ側に向き直った。

スポットライトが当たらない奥、ステージの暗闇に人影が現れマイクをとおしてＭＣが流れる。

「今日は来てくれてありがとう。あなたの夢を叶えるためにナツコは久しぶりにこのステージに立ちました。心を込めて歌います」

梨花が亡霊でも見るような眼差しでステージを指差す。

スポットライトの下に歩み出たのは、ナッコの好きだった真っ赤な衣装に身を包んだロングヘアーの女で、ちあきなおみと同じ手のひらをこちらに向けてゆっくり幕が上がるポーズで歌い出し、髪を掻き上げた。

「いつものよ～うに」

一小節目の全ての音が外れていた。

「カオルじゃないか！」

「薫！　やな予感の正体はコレか」

真山薫《まやまかおる》だ。

どっからどう見てもカオルだ、ナツコではない。

客席からの声の主を確認するために目を細めた薫が、歌うのをやめて自分でカラオケのボリュームをリモコンで絞り素っ頓狂な声をあげる。

「あれ、タカさん、大下さん。何やってんのこんなところで。ここは横浜よ」

「こっちのセリフだ」

「カオルこそ何やってんだよ。ニュージーランドで羊と結婚したんじゃなかったのかよ」

「羊と結婚？」

「だから、羊みたいな物凄く毛深い男と結婚して、冬はあったかいけど夏は……」

「誰？　お母さんじゃないよね」

大下の脇を彩夏が突いた。

「羊と結婚してた元刑事」

大下が答えるが、彩夏には訳がわからない。

訳がわからないのは大下も鷹山も一緒である。

「何言ってんのよ。香港から来たお金持ちとお友達になりたいのよ。ＴＹさんどこ？　貧乏な探偵なんかに用はないの」

二人のナツコのうち、ひとりの仮面が見事に剝がれた瞬間だった。

そのとき、非常ドアが開く金属音が響いた。さらに数人の足音がして入り口の大扉の外で止まった。鷹山と大下にはそれらの足音が、軍人たちが履く戦闘靴の音とすぐにわかった。

「今度こそ、待ち人来たるよ。もう一度最初からやるから、あんたたち邪魔しないでね」

と薫は最初の位置に着こうとする。

薫を無視して鷹山は梨花に指示を出す。

「梨花君、彩夏を頼む」

梨花は頷き、辺りを素早く見回してカウンター後ろの、人を隠せる場所に彩夏を誘導したのを確認した鷹山と大下は、まだ開いていない扉を睨みつけた。

扉が開き、編み上げブーツに上下の黒いスポーツウェア、腰回りが妙に膨らんでいるジャンパー姿の男が二人、現れた。

そして、その後ろから二メートル近くはあろうか、大男が姿を見せた。こいつも黒い動きやすそうな服に、フワッとしたロングジャケットを身につけている。首元はスカーフで隠してはいるものの、単色のタトゥが首筋に入れられていた。そして、そのタトゥは鋭い双眸の脇に悪魔の印のように生えている奇妙に先が尖った形の耳の下まで繋がっていた。

「あんたたち、何よ。香港から来た私の大ファンには見えないわね」

「ワルい、カオル。香港のお金持ちは俺たちの創作だ」

振り返らず大下が薫に言って、男たちを見据える。

大下が一歩進み出ると大男をガードするために両脇の男たちが対応しようとする。しかし、大男が二人を身振りで制して、接近戦が可能なくらいまでゆっくりと歩いて距離を詰めてくる。

大下は左ジャブを繰り出すようにフェイントをかける。しめた。右手でガードをするためガラ空きになった大男の右脇腹に、回し蹴りを見舞った。だが男は余裕で大下の左足を右脇で抱え込み、勢いよく投げ飛ばした。大下は受け身を取りながら床に転がる。間を空けずに鷹山が右ストレートで顔面を狙う。図体には似合わぬ速さでスウェーして、鳩尾に痛みが走ってから、自分が床に倒されていることに気が付いた鷹山だった。

「デカい割には速いじゃないか」

「タカ、こいつ防弾チョッキをつけている。狙うなら下半身か首より上だ」

膝に手を当てて立ち上がるとファイティングポーズを取った。

「オーケー」と言いながら鷹山も立ち上がると、腕時計を外して右手の握り拳に巻き込んでナックルダスター——悪ガキたちがメリケンサックと呼ぶヤツだ——の代わりにした。

大男は二人が立ち上がるのを余裕で見下ろしていた。

鷹山と大下は呼吸を合わせて同時に攻撃を放った。鷹山が右フックを出すと左にステップした大男の首を大下が回り込んで後ろから飛びついてスリーパーホールドで絞め、さらに鷹山が左レバーあたりにフックを打ち込んだつもりが次の瞬間、鷹山は脇腹に膝蹴りをくらい、大下は首に巻いた腕を取られてそのまま一本背負いで放り投げられた。

「アトラクションはこれくらいにしましょうか。お二方に招待状です」

床に転がされて肩で息をする二人に、ＡＩのような抑揚のない正確な発音の日本語で大男が喋ると、傍にいた二人の男たちは腰のホルスターからガバメントを取り出し、鷹山・大下それぞれにピタリと照準を合わせた。

「抵抗しないでください。怪我させずに連れてこいとある方から命令されていますので」

ダーン。

という威嚇発砲と同時にバタバタとステージに走り出る靴音がした。

「動くな、警察です」カウンター方向から梨花。

「動くな」「さもなくば撃つ」とステージ上から剣崎と宍戸が、拳銃を構えている。

「おー」

「やるじゃん」

と立ち上がりながら拍手する鷹山と大下。

三対二、拳銃の数でも十字砲火《クロスファイア》の態勢でも戦況は断然有利にはなっているが、三のほうは極端に実践数が少ないので緊張から微妙に銃口が揺れている。

「喝采」のインストゥルメンタルが薄く流れている。

それでも数が勝ち、男二人はトリガーから指を外したのを刑事たちに見せながら、ゆっくりと腰を低くして床に拳銃を置いた。

「確保」という梨花の合図。

しかし、緊張が続いて動けない剣崎と宍戸はステージ上で固まっていた。

「何やってんのよ。早く逮捕しなさいよ」

背後にいた薫がイラついて剣崎と宍戸を前に押し出した瞬間、宍戸の銃が暴発した。

天窓が割れガラスが落ちてくる。一瞬の隙に敵の男たちは素早い動きで床の銃を拾い上げる。銃撃戦が始まった。

鷹山と大下は、舞台すぐ下に壊れたまま放置されているアップライトピアノの陰に回り込んだ。敵二人は大男を守り威嚇発砲しながら入り口扉右手に後退していく。ピアノの近くにも、舞台上の宍戸や剣崎の至近距離にも着弾する。よく訓練されている兵士か警察の特殊部隊の腕を持っている奴らのようだ。

薫はステージ衣装をたくし上げてもの凄いスピードで、弾丸をよけたのか弾丸がよけたのか、被弾せずにステージ袖に逃げ込んだ。

剣崎と宍戸は身を低くしながらステージから転がり落ちて、それぞれ積み上げられている椅子の山に身を隠して、なんとか命拾いをした。

手下からガードされた大男は、ホール隅の安全を確保できる位置でソファにどかりと腰を下ろすと、戦場《いくさば》の武将のつもりか指を使って攻め所を男二人にサインした。その合図で二手に分かれた手下は確実に刑事たちを追い詰め始めた。

大下はカウンターの中の彩夏が気になったが、前線で剣崎と宍戸に指示を出す。

「そっちの背の高いほう、お前は右側をカバーしろ、徹底的に右を守れ。高校生みたいなほうは左からくるヤツを迎撃しろ」

大下は宍戸がいる左側に相手の攻撃を集中させて、カウンターの脇にある扉から彩夏を外に逃がそうと考えていた。

「二階に上がって、あそこから狙え」

鷹山は梨花に二階のバルコニー席を指し示した。

大下が剣崎・宍戸に「援護するぞ」と声を掛け、近くにあったスチール製スタンド灰皿を敵側に投げる。

「大谷翔平並みのスイーパーを受けてみろ」

重そうなスタンド灰皿は弧を描いて敵の一人に向かって飛んでいく。怯《ひる》んだ子分が必死で避ける。

もう一人を目掛けて剣崎と宍戸が撃ちまくる。

その隙に梨花がカウンターの左側にある階段を駆け上がった。

鷹山もあとを追う。

体勢を立て直した敵の弾丸が階段手摺りの至近距離で跳ねる。

ギリギリで鷹山は二階バルコニー席に滑り込む。

大下は助走をつけてカウンターに飛び乗ると、グラスのように滑って内側に着地した。とたんにカウンター後ろの飾り棚に着弾し、並べられていた洋酒の空き瓶が次々粉々に飛び散って、カウンターの中にガラスの雨を降らせた。手で頭を守って体を縮めた彩夏が悲鳴をあげる。

「大丈夫だ」

抱き寄せ安心させようとするが、銃弾が飛び交う中、大下の腕の中で彩夏は震えている。

「彩夏とユージを逃がすからカバーしてくれ」

二階では鷹山が梨花に指示を出し、カウンター後ろにいる大下に合図した。

大下は合図を返すと彩夏を守りながらカウンターの端に移動した。

「そっちの扉から脱出する」

と防戦一方の宍戸と剣崎の背に声をかける。

「二階からの攻撃が合図だ」

相手は二人、こちらは一階と二階から相手を狙えて、さっき以上にこの攻防戦は有利なはずだ。

そのとき、建物の外からサイレンの音が聞こえてきて、それが次第に大きくなった。

あと少しだ、このまま粘れるか?

しかし、ここでも理論と実践は大きく異なる。

圧倒的な攻撃力で敵二人が押し出してくるのだ。

「早く。このままでは応援を待つ間にこっちは全滅だ」

鷹山の言葉に一度は身を固くした梨花が決心して立ち上がる。バルコニーの鉄柵から身を乗り出して狙いを定めて引き金を絞った。上からの弾丸が至近距離に着弾して、一時的に手下二人は最前線から少しだけ後方の物陰にまで後退し、形勢は逆転した。

「いけるじゃないか」

その瞬間、左下から攻撃を受けて梨花は手の銃を弾かれる。蹲《うずくま》った梨花は手首から出血している。鷹山が弾丸の発射された方向を見ると、ソファに座ったまま大男がハンドガンでこちらを狙っている。

が、手にした銃ではそれ以上は撃ってこない。

あいつ笑ってやがる。

とっさに床に転がった梨花の拳銃を摑み上げ大男から攻撃を受けない位置まで下がった。

梨花の発砲を合図に大下と彩夏はもう動き出してしまっている。宍戸と剣崎の銃の腕前では戦況は変わらない。

鷹山は銃を手に一瞬躊躇した。

「撃つべきか」

俺は今、この横浜では、刑事の時間を生きていない。本当は拳銃を握ることも、ましてや撃つこともできないのだ。

大下が扉に手を掛けたそのとき、手下二人とは別の方角からの凶弾が上腕を掠めた。

大男が撃ったのだ。

「ユージ」

腕を押さえて蹲った大下に彩夏が叫ぶ。

扉の前で足止めされた二人を目指して手下二人が走り出した。

「ユージと彩夏があぶない」

そのとき、鷹山の視界に天井からぶら下がっているシャンデリアが入る。立ち上がってガバメントのカートリッジが空になるのを恐れず鎖を狙って連射した。五発目でシャンデリアを吊っている鎖に命中した。

シャンデリア本体が真上から落下して敵の進路に落ちていく。

敵二人はかろうじてそれを躱して倒れ込んだ。シャンデリアのガラスの蠟燭と炎を模した部分が、床に叩きつけられ派手な音を立てて粉々に飛び散った。

その隙に大下と彩夏はドアから脱出していく。

鷹山がそれを確かめたとき、ビル周辺からのパトカーのサイレン音がさらに大きくなり、急停車するブレーキ音も聞こえてきた。

大男がソファから立ち上がり、中国語で何か叫ぶと、手下二人と共にステージに上がった。

「警察だ。銃を下ろせ」

港署の私服と制服合わせて一〇人ほどが大扉から走り込んで三人に照準を合わせる。

大男はジャケットの下に仕込んだ防弾チョッキと一体化しているスリングの先に装備されたものを

素早く取り出した。

「まずい」

一瞬二丁拳銃に見えたものはハンドガンではなく、マイクロウージーだ！

「みんな、伏せろ」

鷹山が叫ぶと同時に小型マシンガンのバリバリという破裂音が耳を劈《つんざ》き、壁から天井にかけていく筋もの閃光が走った。

警察側の動きを止めるのはそれで十分だった。大男は悠々と手下を引き連れて舞台袖に退場した。

硝煙を残して今日のカプリアイランドのライブは終了した。

鷹山は弾を撃ち尽くした拳銃を梨花に渡した。そして「ヒミツだ」と人差し指を自分の唇にではなく梨花の唇の前に置いた。

梨花はどきんとした。

こんなおじさんに……。町田課長と較べても後期おじさんに入る部類だ。なのに。

「大丈夫か？」

鷹山は改めて少し出血している様子の梨花の右手に、胸ポケットから取り出したハンカチーフを巻いた。お返しに鷹山が受け取ったのは感謝の言葉ではなかった。鷹山の手に手錠が打たれたのだ。

「なんだこれは？」

「町田課長から言われたんです。何かあったら口説かれる前に躊躇なく手錠をかけろと」

「トオルのヤツ」

鷹山は苦笑いした。

そうしながらも、なんとか彩夏と大下が逃げ延びたことに安堵していた。

「じゃあ約束してくれないか。あのシャンデリアを落としたのは君で、俺はいっさい発砲していない。それと、ユージと女の子はここにはいなかった」

「あとのほうは無理があります」

「だったら、今日一日ほっといてやってくれないか。逃げも隠れもしない。事情聴取は明日以降で」

しばらく考えた後で「わかりました」と梨花は答えた。

27

町田透は覆面車で現場に急いでいた。サイレンを鳴らし、赤色灯を回していたのでかなりのスピードが出ている。

梨花からも現場に急行させた宍戸や剣崎からもなんの連絡も無いしスマホにも反応なし。連中に限っては「便りが無い」のは「良い便り」にはならない。「頼りない」だけだ。

なんて無理矢理バカなことを考えようとしているのは、窮地に立たされてもジョークを言い合っていた鷹山と大下の無謀でお洒落なスタイルを踏襲しようと思うからだ。それでも一方で町田は、現場が大変なことになっていないように祈りながら覆面車を走らせた。

たくみなコーナーワークで勝手知ったる裏道を行く。一ヵ所だけ一方通行をほんの数十メートル逆走すれば、さらに時間の短縮になるなと考えていた。

これは緊急車両で、緊急事態なのだ。

逆走に踏み切ってハンドルを回したとき、赤い影が道路脇のビルを囲んだブロック塀を越えてフロントガラスに落ちてきた。

急ブレーキを踏んだが間に合わなかった。

幸い幾分かカーブで減速したので、撥《は》ね飛ばすまでにはならずに済んだが、スパンコールの真っ赤なワンピースを着た女性がフロントガラスに張り付いた。

「やってしまった」

ちょっと偉くなった。一応課長である。でも現職刑事が一通逆走して人を轢いてしまったら、八木沼の言う「リッチな老後生活」など夢のまた夢だ。

と思っていたら、ズルズルと赤い物体がずり落ちてくる。スパンコールの衣装、黒く長い髪、メイクなのか暗黒舞踏を思わせる白塗りの顔、の順に見えてきた。

「よかった、とりあえず生きている」

「あら！」

「トオル！」

「カオル、さん？」

二人ともフリーズしたが、それを破ったのは薫の叫びだった。

「てめえ、どこ見て運転してるんだよ。しかも一通逆走だろ」

その顔は世界で一番見たくなかった顔かもしれない。

「緊急事態なんですよ」

「こっちもだよ」

と勝手にドアを開けて助手席に乗り込んできた。

「あそこの元カプリで銃撃戦。今頃おぼこい子供警察みたいな新人刑事たち全員殺されてるわよ。タカさんと大下さんも来てたけど、拳銃持ってなければただのあぶない一般人でしょ」

そのとき、路地の向こうにジープが現れ、壁を軽々こえて来た男が三人、乗り込もうとした。

「助けて。アイツらよ、刑事皆殺しにした奴ら。私を狙っている」

薫の頭の中では刑事はすでに全滅している。

「あいつ」町田は長身の男の耳に見覚えがあった。

そう、あの一連の殺人事件の現場にいた半魚人の耳の男だ。

そのまま車で追跡しようとしたが、ジープは高速でバックして路地から抜けたところで見事なスピンターンをして走り去った。

追おうとしたとき、スマホが鳴った。梨花からの着信だ。

「鷹山さん確保しました」

「全員無事だったのか？」

「なんとか」

電話が切られるより早く、カプリアイランドの裏口の非常階段から手錠に繋がれた鷹山と梨花が下りてくるのが見えた。

「あら、生きてたんだ」

がっかりしたような口調で助手席の薫がつぶやいた。

28

新しい港署の取調室はこれまで同様に三室ある。違っているのはひとつひとつの取調室すべてに鏡があり、それはマジックミラーとなっていてそれぞれ別室が隣接している。被疑者の様子を観察したり、目撃者に顔を確認させるためにそれらはある。

今、取調室では真山薫が剣崎と宍戸に取り調べを受けている。薫を前に剣崎が主に尋問して、宍戸は壁側のデスクに座り供述をコンピューターに記録している。マジックミラー越しに町田と梨花、そして鷹山がその様子を見ている。

「冗談じゃないわよ。こっちが被害者なのよ」

薫は単なる被疑者ではない。今でこそ若い剣崎たちからすると「なんだかな、大丈夫？　この人？」というふうに見えてしまうが、少年課の刑事として永年事件に対応してきたのだ。昨日今日刑事になった剣崎や宍戸とはキャリアが違う。町田はあえて二人の若い刑事を薫にぶつけてみた。まあ、自分で尋問するのはとっても嫌だったからではあるが。

「ニュージーランドは良いところよ。けど、生涯の伴侶が欲しかったのよ」

「羊、いや羊みたいな男と結婚したって噂ですけど？」

「そういう恋もあるにはあったわ。でも私が言う生涯の伴侶っていうのは精神的にも経済的にも私をしっかり支えてくれる大人の男よ、坊やたちはまだまだね」

何言ってんだこの人は、と閉口して顔を見合わせている剣崎と宍戸を無視して薫は続ける。

「向こうは熟年向けのＳＮＳの交流サイトが盛んで、何人かの殿方と知り合いになれたのよ。そのうち一人ともう一息で玉の輿ってところまでいったときに、もっと凄い候補が現れて私を略奪しようとしたのよ。二人ともいい男なのよ、これが」

長くなりそうだと剣崎は思ったが、宍戸が続けろと目線をくれるので、仕方なく耳を傾けることに。

薫が説明する。

「半年くらい前から、婚活サイトで知り合った南アフリカ在住で英国風紳士の国際線パイロットとイイ感じになって、互いの情報交換から始まって、両方とも人の命を預かったり守ったりと大切な仕事よね、なんて盛り上がって。刑事なんて経歴を持つ女性ってそんなにいないからさ。それで会おうということになったのだけど、流石に遠いわけじゃん南アフリカ。それで、ついにスケジュールを調整してくれたんだけど、直前で臨時便のフライトスケジュールが入ってリスケよ、リスケ……」

ところが、そんなヤキモキした気持ちで過ごしていたら、ある日、登録している婚活サイトに香港からニュージーランドに移住したいという大陸系香港人からメッセージが届いた。ここ四、五年行きすぎた中国支配に対して、学生たちが中心となり民主化のためにデモ行動を起こしたりして、香港情勢が不安定になり、一九九七年に香港が英国から中国へ返還されたとき以来の海外移住ブームが起こるなか、昔はカナダとか米国への移住が主だったけれど、今は選択肢が増えて、その中にニュージーランドも入っている。かつて同じ英国連邦に属して治安も良いし、四季もあり自然も豊かという好条件が人気を支えている。ニュージーランド政府も観光客や留学生の誘致に加えて、お金持ちの中国系移民を推奨する傾向にあったというワケだ。——みたいなことを早口で捲《まく》し立てるのを二人の若い刑事は聞いていた。さらに続く。

「そんなことはともかく、お相手は素敵なプロフィールの持ち主で、代々英国企業との合弁会社を経営していた、四七歳の、見た目はジョン・ローンみたいに素敵な男性。知ってる？　ジョン・ローン？　まあいいか。三年前に妻を病気で失い子供はいない。これまでビジネス一辺倒でやってきたけど孤独を癒してくれる伴侶が不在のままなのは耐え難くなってきたの。可哀想ね。そこで早期リタイアして築き上げた財産を運用して増やしながら、新しいパートナーと世界中を旅して共に充実した日々を送りたいと言うのよ」

薫はため息をつきながらポツンと言った。

「そういう真摯なアピールが私のハートに響いたの」

一五歳以上も年若の相手で、しかも大金持ち、最初っからバランスが取れていないから、と口を挟みたい気持ちを抑えて、剣崎は頷くのに疲れてきた首筋を摩《さす》りながら話の続きを聞いた。薫は再び夢見るような表情になって話し続けた。

「その相手と意気投合してSNSでのやり取りが頻繁になり、香港島の中心地区にある彼のオフィスや、そのオフィスを見下ろすビクトリアピークにある自宅の写真なんかが次々と送られてきたの。一応、不動産サイトで調べたら、あのあたりの一軒家って一〇億円以下の物件はなくてさ、写真を見る限りプールも付いている豪邸で、百万ドルの夜景だったかしら、夜も興奮するくらい凄い絶景なのよ。で、家は二〇億円超って感じかなあ」

騙されたのがいずれわかるのに自慢口調で話をする薫であった。

「具体的にお付き合いを始めるために、初めて会ってデートしようということになって、彼が気持ちを確かめにオークランドを一度尋ねてくるということになったの。とりあえず手持ちがないのでファーストクラスの航空券とホテル代を立て替えてって言うからさ、こっちもなけなしの退職金の残り全部四百万円突っ込んだのよ。暗号資産コインに変換してさ。ところが当日空港に行っても誰も降りてこない。何かの間違いでフライト変更になったのかとSNSで連絡取ろうと思ったらもうアカウントが削除されていて、電話も繋がらず、連絡が取れなくなって……」

フライト変更って同じじゃん、その二人は連《つる》んでんじゃないの、と剣崎は指摘しようとした。

この人、錯覚するのが得意で、不信感を抱くのが不得意なカワイソウな人なんだと宍戸は内心バカにした。

「情けないことにニュージーランド警察のお世話になったのよ。もちろん暗号資産も取り戻すことはできなかったわ。やっぱり元刑事ってことは女性にとってハンデなのよね、イメージ的に」

そこじゃないだろとツッコミを入れようとした剣崎を制して、

「だからさ、その経験を糧《かて》に私のほうから男に夢を見させてあげようと思ったのよ」

ものは言いようだ。それって詐欺だろと剣崎も宍戸も同じことを考えてるな、とまたまた顔を見合わせる。

「そう、元刑事なんてダメ。そんなしょっぱいの。だから横浜の伝説的歌姫ナツコよ、ナツコ。さすらいの歌手がカムバックするのを援助してって広く深くサポーターを求めることにしたの。もちろんその中から良きパートナーが探せればベスト。相手は今度こそ香港脱出を考えている本物のお金持ち。日本人の女性と結婚して財産ごと国籍を移そうとしている人。羊相手にしてる場合じゃないと帰国したのよ」

「はいはい」と言った剣崎の口調にはまったく気持ちが籠もっていなかった。

「ねえ、ちゃんと聞いてんのかよ。ったく」

「じゃあ、質問させてもらいますけど」

「どうぞ」

「襲ってきた連中に心当たりは」

「あるわけないじゃない。私が会いたかったのは香港のお金持ちよ。TYっていう」

隣の部屋にいる鷹山が町田と梨花に説明した。

「あれは、彩夏が考えて送ったのさ。謎のナツコがスポンサーを探してるっていうから、それに乗ってみた。TYっていうのはタカ・アンド・ユージさ」

「探偵事務所の名前ですね」

と梨花が確認する。

頷く鷹山。

町田の指示で梨花が素早く宍戸にその内容をメールで送る。

「それにさ、似てたのよ。私」

「えっ？」

「歌姫ナッコに」

「はっ？」

「それで香港から来るＴＹさんも満足してくれると思ったの」

手元のスマホに届いたメールを宍戸が確認して剣崎に伝える。

「ああ、それタカ・アンド・ユージ。ＴＹっていうのはさ、鷹山敏樹と大下勇次で」

「なるほど、えっ。日本に留学していた香港の大富豪じゃ」

「ないよ」

「えーっ」

「何度騙されたら気が済むんだ」

と剣崎が笑いを堪えて答える。

傍からよせばいいのに宍戸が口を挟んだ。

「元刑事なのに詐欺にまんまとハマったかと思えば、今度は反対にロマンス詐欺。それも杜撰《ずさん》な計画。元刑事なのに」

と笑い出してしまった。

「おばさん、ほんとやばいよ」

調子に乗って剣崎が言い添える。

隣室で見聞きしていた町田が「やばいぞ」と思った瞬間だった。

キレた。薫がキレた。

「ああーっ？　誰がおばさんだって」

音声モニターをとおさずに、壁が震えるほどの音圧で薫の怒りが伝わってくる。

卓袱台《ちゃぶだい》をひっくり返すように取り調べのデスクを剣崎に向かって浴びせ倒し、デスクの下敷きになった剣崎をヒールで踏み潰しながら、壁側のデスクに座っている宍戸のネクタイを絞め上げた。

そして、キッとマジックミラーのほうへ向き直ると、

「トオル。そこで見てんでしょ。おめえ、若いモンにどういう教育してんだコラ。タカさんや大下さんならたとえ容疑者だったとしても女性にこんな態度は取らないわよ。トオル。出てこいや！」

町田は素早い動作で音声モニターをオフにしてマジックミラー前のブラインドを下げた。

隣の部屋のドタバタ音はまだ続いている。

梨花が驚いているのを無視して、彼女が持っている鑑識資料をサッと取り上げて、町田が冷静を装い鷹山に説明し始めた。

「同じ拳銃ですよ。先輩たちを襲ったのと一連の連続殺人事件のものは」

「俺たちへの招待状がわりだってさ」

「少なくとも薫さん、いやナツコは関係なさそうですね」

「課長、彩夏さんが狙われたとは考えられませんか？」

町田に代わって鷹山が答える。

「それもない。ただし、彼女が持っている指輪を狙っているヤツなら心当たりはある。でも、この襲撃を指示したのはそいつじゃない。そいつのやり方ではないということだ」

町田も鷹山がフェイロンを庇っていると感じた。しかし、何故？

「劉飛龍《リウ・フェイロン》のことですね」

「そうだ」

忖度なく梨花が聞いた。やっぱり梨花は扱いにくいと町田は思った。

「では、鷹山先輩を襲ったのは？」

「海堂だ」

「やっぱり、そっちですか。殺しのプロ、というより軍隊に関連している、もしくはしていた連中だと。今、隣で受難しているウチの若い連中が指摘しています」

とデスクの上の資料を鷹山に見せる。

「シードラゴン。中国海軍特殊部隊か」

「海堂の民間軍事会社に関連していると思われます」

「わかっているのに県警本部はなぜ動かない」

町田が言い淀んでいるのを見て梨花がさらに横から答えた。

「海堂は、アメリカの軍産複合体企業経由で多額の政治献金を日本の政治家に贈って、さらに独自のネットワークで日本、そして香港をベースに中国のあらゆる業界のスキャンダルを取得しています。神奈川県警本部も例外ではなくて……」

「要するに厄介な存在なんですよ」

鷹山は厳しい表情でもう一度資料に目を落とした。

29

事務所にあった救急箱の中身では足りずに、彩夏は近くの薬局から大量に包帯と薬を仕入れてきた。

大下本人は擦り傷だと言ったが、上着を脱ぐと白いシャツの左袖部分は殆ど赤く染まっていた。シャツを切って傷口を露出させて消毒液をかけると、弾丸が左上腕筋の皮膚を深く抉《えぐ》り取ってい て、そこからの出血がひどい。針で縫えればいいのだが、とりあえず強く包帯を巻いて止血しておくしかない。

「大丈夫さ。こんなの日常茶飯事だった。刑事の頃は」

「今はそうじゃないでしょ。病院に行こうよ」

「大したことないっしょ。病院に行ったら撃たれたことがわかってしまう」

「もう、若い刑事さんたちはわかってるよ」

「奴らに迷惑かけたくないんだ。一般人を守れなかったって上から責められる。手当してくれてありがとう」

「私には迷惑かけていいから」

その後に「お父さん」と続けばパーフェクトなシチュエーションだなと感じながら大下は彩夏の手際を眺めている。

どうやって手に入れたのかわからないが、抗生物質の入った軟膏を大量に傷口に塗り込み、キツめに包帯を巻いた。それから痛み止めと化膿止めの経口薬も大下に飲ませた。

「うまいもンだ」

「私、長崎で看護師してたの。初めて言うけど」

「初めて聞いたけど……辞めたのか」

「うん、横浜に出てくる前に。看護師やっているくせに婆ちゃんの体調の変化に気が付かなかった。

気が付いたときには、もう癌が進行していてステージ四だったの。だから自信無くして。そしてひとりになって……ナッコ探しに来たのは、それも影響してる」

大下は彩夏をじっと見つめていた。

それに気がついた彩夏は「何？」という表情を投げかけた。

「しばらく、長崎に帰らないか？」

「どういうこと？」

「俺たちはもう刑事じゃない。丸腰で相手するには無理がある手荒い連中だ。だから近くにいると君まで危険になる」

「ナッコ探しは」

「この一件が片付いたらタカと二人で必ず探すから。約束する」

「いやよ。私だけ長崎で待っているなんて。ぜったい私も一緒に探す」

「聞き分けのないこと言うな。俺はお前のことが心配なんだ！」

「お前って、ユージって私の何なのよ」

彩夏は立ち上がって勝手口から鉄階段のほうに走っていった。

大下は屋上に駆け上がっていく彩夏の足音を聞きながら腕の包帯を見つめていた。

腕の傷よりも胸のどこかに痛みを覚えた。彩夏が自分の子供である可能性は少ないだろう。しかし、ゼロではない。自分と夏子の関係をきちんと話しておかなくてはならない。

大下はゆっくり時間をかけて階段を上っていく。

結局今日は雨は降らなかった。秋の日は暮れ泥《なず》んでいて、空を厚く覆っていた雲が切れ切れになったところから月が顔を出しはじめていた。見下ろすと大通りの街路樹の鈴懸《すずかけ》はもう半分近く葉を落としている。夏はとうに終わっているのに、この数日間の出来事は強い陽射しが残した火照りを大下に思い出させた。

屋上に上ると彩夏はチェアの背凭《せもた》れを倒してそこに寝転んで、首から下げたネックレスに通した指輪を天空に掲げて眺めている。

大下が追いかけてくることがわかっていたように、けれど、独り言のように、

「蓮の花って、花言葉知ってる？」

「さあ」

「スマホで調べたの。『清らかな心』だって」

「知らなかった」

「蓮が泥水の中でも美しい花を咲かせる姿からそう言うらしいの」

「なるほど」

「これを夏子に送ったフェイロンって人。自分のこと泥の中に咲いた花だと思っていたのかな」

「泥の中か……汚れ仕事もしていることは確かだが」

「さっきのカプリアイランドでも襲ってきたけど、この指輪がそんなに欲しいのかな」

「ホテルで襲ってきたのはフェイロンの手下だけど、さっきのは違う」

「じゃあ、誰の仕業？　フェイロンにとっては、ナツコは特別な人なんでしょ」

「少し話は長くなるけどフェイロンとナツコ、そしてタカについて話しておいたほうがいいだろう」

大下は彩夏の隣のチェアに座って話し始める。

「あの頃、君が生まれる一年くらい前、一九九九年のことだ」

大下は彩夏の横顔に向かって言葉を選びながら続けた。

フェイロンの出自と横浜で華人社会の実力者として台頭してきた歴史、カプリアイランドの創業と店を含めてあの周辺の地域を巡っての銀星会との勢力争い、そしてナツコのデビューとカリスマ的人気の話、鷹山とナツコの秘められた恋、ナツコを守ろうとして鷹山が銀星会の元山に撃たれてしまったことなどを話した。

「ちょっと待って、大下さんとナツコの話は」

「そこも話さないといけないか」

と言いながら、やはり話すべきなのだろうと改めて思った。

「もちろん聞かせてよ」

「初めて人に話すんだ」

「わかったわ。じっくり聞いてあげる」

彩夏は椅子から起きて大下に向かってキチンと座り直した。

30

「タカがナツコを庇って元山に撃たれて緊急搬送された。俺は他のすべての現場処理をトオルたち他の港署のメンバーに任せて病院に同行した……」

タカの弾丸摘出手術はなんとか成功した。弾丸がもう少し逸れていなければ、大動脈に致命的ダメージがあったはずだ。

運が味方したんだ。

元山も発砲した子分たちも現場で緊急逮捕され病院送りになった。もちろん検視のために別の病院に運ばれた死体もあった。警察はここぞとばかりにフェイロングループにもメスを入れようとした。フェイロンとその関連企業の幹部たちが事情聴取で本部に引っ張られ、カプリアイランドは当面閉鎖されることになった。

現場にいたナツコも警察に連れて行かれたが、型通りの聴取をされると日付が変わる前に一旦解放された。

当時の港署捜査課深町課長から、ナツコの身元を引き受けにいってほしい、そして身辺警護を引き継いでほしいと連絡が俺に来た。まだ彼女を狙うバカが銀星会の残党の中にいないとも限らないからだ。実際、マル暴という反社組織を取り締まる捜査四課にも不穏な動きの情報が集積されていた。

俺はタカの病院から県警本部へ直行した。慌ただしく警官たちが大声をあげて行き来する受付をとおり過ぎて、取調室がある上層階のエレベーターホールに降り立った。

薄暗く長い廊下の真ん中に置かれた椅子に衣装のままナツコは肩を落として独り座っていた。ステージで歌っているときとは違った意味で目立つ存在で、行き来する警官たちが通り過ぎるときに必ず一瞥を投げかけていた。

自分に関わる男たちが争い、守ってくれる男が死んだり傷ついたり、そして誰もいなくなった。さらに歌える場所も無くなってしまったことにナツコは焦燥しきっているようだった。

「港署捜査課の大下だ」

「タカは大丈夫だ。あいつのことだ必ず元気になる」

「家まで送ろう」

そう声を掛けてみたが、二度三度首を横に振っただけでナツコは動こうとしなかった。

二分ほど待っただろうか。

「ＨＯＴＥＬ《ホテル》 ＳＥＡ-ＳＣＡＰＥ《シースケイプ》」

熱にうかされたような言い方だった。

聞き返すと、

「ホテル シースケイプ、に連れて行って」

「何かあったらそこに隠れていろって」

ポツポツと話し始めた。

「前にタカから言われたの。事件《こと》が起こったらマンションは危険だ、と」

彼女の自宅に行くのは諦めて、電話で着替えを適当に調達してほしいと薫に頼んだ。

最初は文句を言っていた薫だったが、事情を説明すると自分のワードローブから適当なものを見繕ってすぐに県警本部に届けると言ってくれた。

薫を待つ間にコンビニで買ってきたサンドイッチとコーヒーを与えたが、ほとんど手をつけなかった。

三〇分も経たないうちに薫はやってきた。

「タカさんのことは聞いてるわ。とりあえず生きててよかったんじゃない。大下さんも撃たれないようにせいぜい気を付けてね。ああ眠たい。今度、中華街で北京ダック奢ってね」

と、芝居がかったハイテンションなトーンで言い、バッグを渡すとさっさと帰っていった。中身を確かめると衣類の他に基礎化粧品など男では気が付かない小物も入っていた。

「薫のやつ」

ああだこうだ言うけれど気配りはきちんとしてる。さすがだ、感謝。

薫が持ってきた中にカーディガンが入っていたので、それをナツコの肩にかけて、荷物を持ちエレベーターに乗り込み地下のボタンを押した。

駐車場から覆面車のレパードを出し、地下駐車場でナツコを乗せる。念の為、後ろの席に伏せてもらい県警本部を出発した。しばらく見通しの良いみなとみらい地区を走った。当時は美術館とパシフィコ横浜くらいしか建物がなかったので尾行の車がいないことを確認するには好都合だった。それから深夜の首都高から横浜横須賀道路を、当時終点だった佐原インターまで走り、後は一般道を注意深く走って三浦半島の突端にあるホテル・シースケイプに着いた。小さいけれどレトロ調の洒落た建物で、夏には人気のホテルだが、季節外れの駐車場には車は一台も停められていなかった。

チェックインしてナツコの部屋に荷物を届けると、眠れないから付き合ってと言われた。

「バーで少し飲みたいの」

そのまま、二階にあるバーに降りた。月明かりがあれば海が見えるのだろうが、潮騒しか聞こえない。アップライトピアノがカウンター脇にぽつんと置かれている。暫く使われていないのだろう。ただの置物じゃないわと主張しているように見えた。

そんなピアノの思いを感じとったのか、ナツコは近づいてピアノの蓋を開けてあげた。鍵盤に被せられていたフェルト布を取り、立ったままコードをいくつか、マイナーなコードが多かったが、押さえた。そして最後にグリッサンドをしてみせた。連続する音がこだまして、マイナーコードよりもの淋しい余韻が残った。

「音が狂ってる。調律ができていないわ」

ため息をついてバーのスツールに腰を下ろした。深夜も四時を過ぎている。もちろん、ホテルスタッフはいない。仕方なく勝手にカウンターに入って飾り棚にあるボトルを眺めた。

「バーボンが飲みたいの」

それほど詳しくはなかったので、スタンダードな銘柄のボトルに手を伸ばした。

「その隣のボトル。オールドフィッツジェラルド。氷あるかしら」

カウンターの後ろの冷蔵庫を開けると冷凍室にキューブアイスがあったので、それを使ってオンザロックをふたつ作った。

カウンターを挟んで俺とナツコは向き合い無言になった。

目と目が合ったのでグラスを合わせた。カチッという音がバーに響く。ナツコは一気に飲み干すとグラスを差し出した。ボトルから少し多めにバーボンを注ぐとそれも半分ほど飲み、ため息をついた。

彼女の吐息が少し俺の指先にかかった。

グラスに残った二杯目を最後まで飲み終える前に、ナツコはカウンターに載せた腕に頬を埋めた。最初は泣いているようにも見えたので、そっとしておいてあげようとしていたが、十分くらい経つと小さな寝息が聞こえてきたので優しく揺すってみたが起きなかった。

俺は自分のグラスに、ボトルに残った最後の酒を注ぎ、ゆっくり時間をかけて空けた。そして、もう一度ナツコの腕を揺すってみた。今度は少し強く。

「さあ、部屋で休むんだ」

なんとか目は覚ましたものの体に力が入らないようだ。ナツコを抱き起こして肩を貸した。彼女の髪の香りが少しバーボンで酔った俺の鼻腔をくすぐった。エレベーターに乗り込み、最上階のエレベーターホールに着いたが、エレベーターから一歩踏み出した途端ナツコは崩れ落ちてしまった。倒れたナツコを抱き上げたら、思ったより軽く華奢な体だった。そして部屋まで、正確には部屋のベッドまで運んで靴を脱がせてシーツをかけた。

「タカの命を助けてくれてありがとう」

夢見ているようにナツコはつぶやいた。つぶやきはすぐに寝息に変わった。

部屋の外に出てドアを閉めると、ロックされたことを確かめて自分の部屋に戻ってシャワーを浴びた。ベッドに横になると直ぐに睡魔が襲ってきた。

翌日起きたのは昼近くだった。

目が覚めると部屋はあまり暖房が効いていなかった。冬でもそれほど冷たくない相模湾からの海風が吹いているので、セントラルヒーティングの温度設定が高くないのだろうと思った。

直ぐに服を着るとナツコの部屋に急ぎ、ノックした。

反応がないので「まずい」と思って昨夜フロントに用意させたカードキーで開錠した。それを渡すときに「二枚必要ですか」とご丁寧に確認してきた、痩せて長身の神経質そうな、眼鏡をかけたフロント係の意味深な顔を思い出した。内鍵のフック型のロックはかけられていなかった。ドアを開けて声を掛けたが答えがなかった。すわと思い部屋に入ってバスルームも確認したが誰もいない。慌ててフロントに降りると俺の様子を見て

「お連れ様は先程、海岸のほうへ行かれましたよ」

と例のフロント係が答えた。

それぞれ別の部屋に泊まっているものの何か訳ありのカップルだと思っているのであろう。銀星会の情報網は馬鹿にできないので、偽名で泊まっている。連中にはナツコはまだ県警本部に留められているという情報が流れているはずだ。

浜辺に降りると、遠くの岩場に腰を下ろして海を見つめているナツコを見つけた。曇ってはいたもののの相模湾を挟んで富士山が見えた。

ナツコが振り返ったときに見せた表情を見て、なぜタカが彼女を守ろうと必死だったかわかった気がした。強さと危うさを行き来する彼女のような女性が持つ魅力の本質を湛えている、影のある微笑だった。

「起きたのね」

「心配するじゃないか。出かけるときは声を掛けてほしかった」

「ごめんなさい。でも私、これからどこに行ったらいいんだろうって」

「しばらく、ここに身を隠して。そんなに長くないさ、県警が銀星会の奴らを一網打尽にすれば、帰れる」

「でも、もうカプリアイランドでは歌えないと思う」

「大丈夫、すぐに歌えるようになるさ」

ナツコの予想は当たることになる。カモメの鳴き声ほどにも説得力のない受け答えしかできない自分を嗤《わら》った。

しばらく海岸を散歩してホテルに帰ると、町田から「電話に出てください」と携帯電話に伝言が残されていた。この辺りは電波が届きにくいのだろうと思った。部屋の電話で町田に連絡を入れた。

「先輩、どこに潜んでいるんですか？　県警本部の方針が決まりましたよ。今夜、銀星会の本部支部に一斉家宅捜索をかけます。これで大人しくなりますよ奴ら。明日には帰ってこられますよ、少しの我慢です」

「タカはどうだ」

「全治三ヵ月ってとこらしいですけど、本人は来週くらいに退院するつもりでいるんで、基本元気っす。鷹山先輩には病院にいて静かにしていてもらったほうが世の中平和なんですけど」

と余計な一言も付け加えられた。町田が余計なことを言えるくらい、タカは深刻な状態からは脱したということか。

「トオル、頼みがある」

いつものお決まりパターンを繰り出すと、途端にトオルの口調がぞんざいになる。

「何ですかもう。俺も忙しいんですよ。誰かさんたちが蜂の巣つつくから。たくさんの蜂さんがブンブン飛んじゃって、振り払うのがもう大変。今日これから銀星会系組員いったい何人逮捕する予定だと思ってるんですか？　あとフェイロングループも合わせるともう一〇〇人はくだりません」

「こっちも一〇〇人オンナ紹介する」

「またまた」

「まだまだ手持ちのカードはたくさんあるんだ」

「見目麗しいハートのエース一枚だけあれば結構。ところで、頼みって何？」

トオルはいいヤツだ。

「ピアノの調律師をひとり、オールドフィッツジェラルドというバーボンを二、三本用意してくれ」

用意できたら連絡をくれないか、と頼んだ。

トオルは詳しいことを聞かずに「少し時間をください」と電話を切った。

一時間後に電話がかかり、用意したのでどうしたらいいのかと指示を仰がれた。「三崎口駅に酒を持たせて調律師を待たせてくれ。これから一時間後大丈夫か？　お前は来なくていいから。忙しいんだろ」「では行かせます」ということで、トオルの電話は切れた。

ちょうど一時間後に車で調律師をピックアップしてホテルまで連れてくると、バーのピアノを調律させた。調律代と帰りの車代は港署の深町捜査課長が払うからと調律師の男を帰したら、もう夕食どきであった。

「食事はどうしようか？」

ナツコの部屋に電話を入れたがあまり食べたくないとのこと。お腹が空いたら連絡してくれと電話を切る。

「ピアノは調律しておいた」と付け加えた。そして、ひとり夜を待った。

その夜も何もすることがない。

何もすることがないというのは、ナツコにとっては歌えないということで、歌えないというのは彼女にとって生きる証がないということだ。なるべくひとりにさせないことが彼女の心痛を和らげることになると思った。

だからまたバーで二人っきり、酒を飲み始める。

守るものと守られるもの、世界にたった二人だけしか生き残っていない気分だった。でも今日はピアノが調律されていた。

ナッツコはグラスのオールドフィッツジェラルドを一口舐めると、それをピアノの上に置いて、弾き始める。ゆっくりと調律具合を確かめるように初めは一音ずつ、そして次第に自分のペースで海を流れていく潮のようにメロディを奏でた。ナッツコのピアノは初めて聴いたが素人からすると味のある演奏に感じられた。

曲名はわからなかったが、物悲しい曲想は聴いている俺の心にナッツコの孤独感を届けるのに充分だった。それでも音楽はナッツコの慰みになる。興が乗ってきたのか、テンポの速いナンバーを一曲奏でたあと、姿勢を正して、コードだけのピアノ伴奏でついに歌い始めた。

「Where do you go from here?」ナッツコの一番好きな曲。カプリアイランドで何度か聴いていたので曲名は覚えてしまった。

ナッツコも俺もここからどこへ行こうとしているのだろう。

その後も、時間をかけて、途中で夜の海辺の散歩をしたりして、明け方までピアノを演奏し歌った。浜辺を散歩するときは酔っているナッツコの腕を取って支え、薄着のナッツコにジャケットを貸してそれでも寒いと言ったので肩を抱いた。

またバーに戻るとピアノを弾くのはもうやめて、カウンターに腰掛け、元々二人しかいない空間だったが、一方的に話すようにナッコが俺に歌いかけた。酔いがまわり、次第に最後まで歌わない曲が増えてきた。

さらに酒も進み、二人でオールドフィッツジェラルドのボトルをすべて空けた頃、俺とナッコは見つめ合い部屋に向かう時間が来たのだと悟った。

最後は「I will say goodbye」と、安倍カルテットのオリジナル「long goodbye」をアカペラで歌った。


「……二曲とも別れの歌だった。そのとき、ナッコは歌い終わって満足げに微笑んでいた。本当に酔っていたのか酔いを演じていたのか、俺が引き寄せるとナッコは俺に体を寄せてきた。翌日、朝起きるとナッコはホテルからいなくなっていた。昼前にはトオルから作戦が成功して、銀星会の勢力でナッコを狙う者はもういないと。もう帰ってきていいと告げられた。でも」

「ナッコは消えたのね」

「そう。その日を境にナッコは横浜から姿を消した。大丈夫だからと一度電話があった。鷹山さんに、さよならを言えないけど、大下さんからなら伝えてもらえるよねって。もう誰も巻き込みたくはないと、電話は途中で切れた。……それきりだった」

横浜の歌姫の足跡はそこで途絶えた。しかし、それが伝説の始まりだった。

カプリアイランドは営業停止のまま季節が移ろった。

そのうちまた再開するだろうと皆が思っていたわけではなく、一部の連中はあんな事件が起こった場所だからと話題に出すことも敬遠した。結局、ほとぼりが冷めた頃になっても、フェイロンは店を再開しなかった。彼にとってナツコがいないカプリアイランドは、魂の抜けた元のグランドキャバレーだった頃の箱にしか見えなかったのだろう。

それでもあの一画、特にカプリアイランドの入っているビルの周辺は、フェイロンの土地と建物だったが、再開発も行われないまま今日の姿になっている。

そんなことを思い出しながら、大下は彩夏への昔語りを終えた。時間を掛けて、少しばかりとは言えないくらい心を削って。

もちろんすべてを話したわけではない。

あのときの吐息やあのときの歌は今でも説明しきれない何かを含んでいたからだ。

二人とも酔っていた。

けれど心は冴えていた。

「抱いて。今日のこと覚えていたいの」

けれどもナツコは……もしかしたらすべてを忘れるために俺に抱かれたのかもしれない。


「少し、眠るといいわ。鎮痛剤が効いてくる時間よ」

彩夏は大下の包帯をもう一度確かめると「大丈夫」と言った。

「タカには細かいところまで説明してないんだ」

「わかってる。ユージとタカの間には、私にはわからない、なんていうか、ハーモニーというか、呼吸の合わせ方があるみたいだから。わたし明日、長崎に帰るかどうか考えてみる」

短い間だったのに、俺とタカのことわかってるじゃないか。

「タカ遅いな」

「きっと本物のナツコを追いかけてるんじゃないかしら」

「あるいはナツコの幻をか」

そう言いながら眠気が襲ってきた。

確かによく効く鎮痛剤のようで、自分も夢の中でナツコを追いかけるのではと思えてきた。

31

鷹山が港署を出たときにはすでに八時近くになっていた。

襲撃してきた相手が海堂の配下だとして、はっきりとした意図はわからないが、「招待状」を受け取ってヤツに取り込まれるなんてまっぴらだ。だが俺たちを排除しようと思えばもっと違った方法でできたはずだ。トオルはT&Y探偵事務所周辺はウチのほうで警邏しますから大丈夫ですと言っていたが、さっきの化け物が本気で襲ってきたらひとたまりもないであろう。今日の今日だ、海堂のほうもこれ以上の動きはしないはずだ。

いや、逆にありがたいことにトオルたちに監視されることになったので、海堂からすると俺たちに対して十分な警告と動きを封じ込めることができたということか。それならハイリスクを犯した成果は十分あったろう。

そんなことを考えながら歩いているうちに自然と足は中華街のフェイロンビルに向かっていた。自分の中でステラ・リーにまつわる謎の周辺部が氷解していくのを感じていた。もちろん氷の中心に何が隠されているのかは、最初彼女を見たときに感じたことを直接確かめることでしか証明されることはない。

例によって中華街のカフェに入ってフェイロンビルの入り口を見張ろうとして、路地を曲がったタイミングで蓮のマークが付いたクライスラーがエントランスにゆっくり停車した。いいことがありそうだと直感したとき、運転手が回り込んで後部ドアを開けると、細く長い脚が歩道に載せられるのが見えた。

ステラ・リーが降り立った。

背中の空いた赤いドレスに大ぶりのパールネックレスと三連パールのイヤリングを組み合わせた艶やかさに周囲が明るくなったかのように感じさせた。

「ミス　リー」

駆け寄って声をかけると、ステラは振り返ってこちらを見た。

そして同じ表情を見せた。そう、あのとき、爆発事件があったあの夜の、あの埠頭、あの表情はやはり俺を認識したという表情に他ならなかった。

すぐに視線を外し、落ち着きを取り戻す儀式のようにイヤリングを一度弄《もてあそ》ぶと、

「フェイロンはまだ戻りません。彼はパーティの二次会に行きました」

グラマーの教科書にあるような日本語を話した。

「いや、あなたに、あなたにだけ話したいことがある。フェイロンから聞いていると思うが、私は」

「元港署の鷹山さん、でしょ」

「手間が省けた」

「フェイロンに聞かれるとまずいことでもあるのかしら」

「あるね。それに女性と話しているときにあの手の不味《まず》い顔を見たくない」

ステラは一瞬考えると、「では乗って」と車を指し、みずから先に車に乗り込んだ。俺も運転手が開けたドアから重厚な革のシートに体を滑り込ませた。

ステラは「ホテルニューグランド」と行き先を告げると沈黙し、いっさい話をしなかった。代わりにステラの使っているフレグランスが雄弁になった。フローラルなベースノートだがエキゾチックなアクセントもあり心地よい香りだ。そういえばナツコの香水はゲランの「夜間飛行」だった。それよりもタバコとバーボンの香りが似合っている女だったが。運転手が聞いているので気を遣っているのだろうと思い、自分からも話を始めようとはせず沈黙の協定を守った。

五分でホテルに着いた。運転手が回り込んで左側の後部ドアをステラのために開けて、左手で抱えていた濃紺の光沢があるベルベットのコートを丁寧に彼女の肩に掛けた。自分でドアを開けて車を降りると、ステラと運転手の儀礼を横目で見ながら入り口のドアを開けてステラをエスコートした。ホテルに入ると我々は人気《ひとけ》のないホールを通ってバーに向かった。

平日の夜、ここではパーティが無かったようだ。横浜で今宵いくつのパーティが催されているかはわからないが、その華やかさには大きな欠点があるだろう。

なぜならそこにはステラ・リーがいないからだ。今宵俺はパーティ会場にあるべき魅惑ってやつを独占している。

「日本語がお上手ですね」

「はい、母語ですから。母親は日本人、父は香港出身のシンガポール人。私、日本に留学経験もあります」

「フェイロンからはそんな詳しい話は聞いてなかったので」

「彼はあくまでビジネスの仲間。亡くなった小牧さんは残念だったけど」

こちらが聞いていないことまで話をしてくるのは意外だった。

バーの入り口ドアを開けステラを先に入れた。

「パーティでは紹介や根回しの話ばかりで飲み物を口にできなかったの。喉を潤していいですか。お付き合いください」

カウンターの端に座ると、勝手に無口なのかと思い込んでいたが、裏腹に案外饒舌ともいえる口調でステラは話し、聞いてきた。

「シャンパーニュでいいかしら」

答えを待たずに長いカウンターの逆端にいたバーテンダーに合図した。

「いらっしゃいませ」

黒人のバーテンダーは二秒でこちらの端に移動して、たっぷり三秒かけて我々を値踏みして
「一九九〇年代のドン・ペリニヨンがありますが」

と奨めた。

「オールドフィッツジェラルドはあるかい」

一秒あけずにバーテンダーを見ずに答えた。見ていたのはステラの表情だった。なんの反応もなかった。

「すいませんお客様、当店にはその銘柄のバーボンは置いておりません。随分前に製造が終わっているはずです」

バーテンダーは申し訳なさそうに答えると、いくつか味わいの似たバーボンを紹介しようとしたが、「ではシャンパンで」と断った。

並べられた背の高いシャンパングラスに一九九九年のドンペリが注がれていくのを、ステラは見ている。どちらかというと切れ長の目と顎の形は「彼女」とは違っている。もちろんショートにした黒髪も。一九九九年のナツコはどちらかというと目が大きく眉もしっかりしていて、一見するとハーフとかクォーターと言われても納得する感じの雰囲気を持っていた。ときには長い髪を揺らしながら、ときには掻き毟《むし》りながら、ときには静かな曲、ときには情熱的な曲を歌い上げた。

ふとステラは髪を耳の後ろに手櫛でなでつけると、その手でパールのイヤリングを弄《いじ》る。先程会ったときにもした仕草で。

「昔のお酒が好みなの？」

「昔、その酒を好んだ女性が好きだった」

「愛してた」

「たぶん。いや、とっても」

ナッツを小皿に入れてサーブしたバーテンダーに、

『二人にしてくれる？　彼と大切な話がしたいから』

とステラが英語で告げると、バーテンダーは真面目な顔で『わかりました』と言って、シャンパンを入れたクーラーをカウンターに載せ、二秒でカウンター端の自分の居場所に移動してカクテルグラスを磨き始めた。

「本題に入っていいかしら、私に聞きたいことって」

「クライアントから頼まれて人を探しています。今は探偵をやっているので」

「誰を探しているの？」

「昔、横浜のカプリアイランドというジャズバーで歌ってた歌手を」

「誰が探しているの？」

「探偵には守秘義務があります。でも、フェイロンからすでに事情は聞いていると思っていました。フェイロンとは本当にビジネスでの関係なのかな？」

「私にも守秘義務がありますし、その事情っていうのは何かわかりません」

思い切って踏み込んでみた。

「探しているのはナツコ。永峰夏子」

「ああ、確かにフェイロンは言っていたわ。私はその女に似ていて、鷹山さんは勘違いしているようだと」

「クライアントは彼女の娘、永峰彩夏」

シャンパングラスが宙で止まり、カウンターに置かれた。強く置かれたのでグラスの中でピンクの泡が立った。

「母親を探しに長崎から出てきた。おばあさんを最近亡くしたそうだ。今は天涯孤独らしい」

ステラを見つめた。また、髪をかきあげ、イヤリングに触れる。その仕草はナツコのそれととても似ている。

近くで彼女の耳が露出される。美しい曲線が小さくて薄い耳朶《じだ》に続いている。

俺はまだこれ以上何を探そうとしているのか。

「母親に会いたがっている」

「もう私に近づかないで」

誰に言っているのか？

「誰も巻き込みたくはないの。きっとあなたにも危険なことが起こるわ。私に近づかないで」

「二五年前も同じことを言われた。今でも、その女性を」

スツールの音を立ててステラは立ち上がり、出口に向かおうとした。

バーテンダーは慌ててグラス磨きの作業を止め、二秒でハンガーに預かっていたベルベットのコートを取って三秒で恭しくステラの肩にかけて五秒間見送った。

追うべきか？　躊躇した。が、追いかけた。

ステラは天井の高いホールを抜けて玄関に繋がる大階段へ向かっていた。

「夏子！」

自分の声がホール全体に響いただけでなく、時間を超えてあのときの自分たちにまで響いた気がした。

ステラは立ち止まりステラでなくなった。

走り寄ると手に持ったコートを床に落とし、両腕で夏子を後ろから抱きしめた。

「顔を変えても抱きしめればわかる。夏子、会いたかった」

夏子は抵抗せずに身を委ねてきた。

しばらくそうしていたが、ステラは諭すように指に触れて魔法を解くように力を削《そ》ぐと、腕からすり抜けてしまった。そしてホールをゆっくりと歩き階段を下りていった。

振り向きもせず。

待たせてあった車に乗り込んで去っていった。テールランプが見えなくなるまで立ち竦《すく》んだ。

このままでは眠れないと思って街を彷徨ってみた。意識はしたくなかったが、歩いたのは夏子と一緒に歩いたところばかりだった。そしていくつかのバーに立ち寄り、オールドフィッツジェラルドを注文したが、どこの店にもなかった。

深夜、寝静まった事務所に戻りベッドに入った。体は歩き疲れているはずなのに気持ちは鎮まらず、寝付けなかった。

ステラの、夏子の、二人の女性の姿が明滅するハーバーライトのように、行先を示す道標なのか、それともこれ以上近づくなという警告信号としてなのか、照らされたドレスの赤い色だけが感傷的に朝方まで脳裏に煌めいていた。

32

鷹山は事務所の勝手口が開く音と、ハーレーのエンジン音を聞いたような気がした。低い晩秋の陽が射し始めようというその時間になって、ようやく浅い眠りといえるのか、薄くなった意識に霧が掛かったような時間があった。その時間にその音を耳にした、気がした。

時計を見るともう九時を過ぎていた。

スマホを確認するとすぐに大下の部屋のドアをノックした。

「傷の具合はどうだ」

「彩夏からもらった薬がよく効いてぐっすり眠れた。もう大丈夫さ」

寝ぼけ顔の大下は鷹山の顔を見てすぐに覚醒した。

「彩夏か⁉」

三人で作った連絡グループにメッセージが残されていた。

〈タカ&ユージ様　色々考えました。二人に迷惑がかかりそうなので一度長崎に帰るのが良いのかもしれません。でもその前に一日だけ私一人で探偵してみたいと思います。うまくいったら、助手として雇えるか考えてみてください。夕方には必ず戻ります〉

「昨日、フェイロンのことを聞かれた」

「話したのか」

「ああ、多分フェイロンのところか、あるいは」

大下が急いで着替えて応接セットのところに出ると、鷹山はすでに待ち構えていた。ジャケットに腕をとおそうとしたとき、昨日の傷が疼《うず》いた。

「大丈夫か？」

「これまで何度撃たれたと思ってるんだ」

先に飛び出して行こうとした大下に鷹山が告げた。

「ユージ、俺は昨日ステラと会った」

「それで」

「彼女は……」

「夏子だろ」

二人はそれ以上何も言わずに車に向かった。

33

彩夏はフェイロンビルの前で、もう二時間近く張り込みを続けていた。

中華街は平日だというのに、九時を過ぎると観光客の集団が歩道から溢れるようになっている。

大きな外車がビルエントランスに着いたので、念の為スタートしやすいようにヘルメットを被りハーレーに跨《また》がった。

オールバックで目つきの鋭い男がマオカラーのスーツと辺りに漂わせるオーラを身に纏って、自動ドアの向こうから現れた。

男はあたりを睥睨《へいげい》するように大股でエントランスの階段を下り、そして謁見式の王様のように、ドアを開けた運転手に目で挨拶をして、勢いよく、それでいてスーツに一筋の皺をも作らないように車に乗り込んだ。

り込んだ。


「待って、フェイロン」

　男を追ってビルのドアを抜けて高いヒールの女性が現れた。紅い生地にオリエンタルな花模様が大胆にあしらわれているワンピースを着ていて、遠目からでも美しい人だとわかる。その女性も車に乗り込んだ。

　あの男がフェイロンなんだ。そしてあの女性は？

　とりあえず追跡することにした。大型セダンのリアガラスに蓮のマークが入っている。そのマークは指輪の仕掛けと同じものに見えた。

　鷹山も大下も横浜の表でも裏でも顔役であるフェイロンに犯罪の臭いを十分感じながら、それでいて彼を認めるような発言をするときさえある。もしかしたらあの三人は根っこのところで何か通じ合うものがあるのかもしれないと感じたのは、実際にフェイロンという男を目にしたからに違いない。あの男は本当に、この汚れた世界という泥の中にでも美しい蓮の花を咲かせてきたのだろうか？

　車はもう目覚めている横浜のビジネス街を抜けて海の方向に走っていく。

　今頃タカとユージは私のメールを見て慌てているかもしれない。でも、永峰夏子を、私の母を探しているのは私なのだ。夏子と会って、生まれたばかりの私を故郷に置き去りにしてでも行かなくてはならない場所が彼女にはあったのか？　一緒にいたい人がいたのか？　それを知りたい。

　そしてもうひとつ、今までいやというほどその存在を意識してきたにもかかわらず、私の人生に不在だった父親というものを彼女をとおして知り、そして感じたいと思っている。タカとユージ、いや、鷹山さんにも大下さんにも過剰にそれを求めているイタい自分がいることはわかっている。

車がどこに向かっているかは、横浜に不案内な彩夏にはわからなかった。

刑事ドラマで見たことがあるとおり、尾行対象の車とハーレーの間に三、四台の車をおいて追跡した。次第に高層ビルが少なくなっていく。どうやら港方向に車は向かっているようだ。運河に架けられた大きな橋を渡ると、先に埠頭が見えてくる。埠頭入り口からさらに奥に行くにつれて行き交う車の数も減ってきたのでかなりの車間距離を取ることを心がけた。自分でもなかなか上手くやっていると思う。もしかしたらタカ&ユージ&アヤカに探偵事務所の名前がかわるかも、なんて。

埠頭の奥には輸出入コンテナの集積場があり、巨大なガントリークレーン、コンテナを貨物船に積んだり下ろしたりするアーチ型のクレーンが稼働し、コンテナを載せた大型トレーラーが行き交っている。そのさらに奥にある一帯には大型倉庫が一〇棟以上も連なっていて、車はその方向に走っていく。さらに奥に進むと再開発の計画があるのか倉庫が少なくなり解体されたあとの鉄廃材が小山のように積まれていた。この先は多分海で行き止まりなのだろう。車が停まる場所を確認するのは簡単に思えたので一度ハーレーを減速した。案の定、車は二〇〇メートルくらい先の倉庫と倉庫の間にハンドルを切って見えなくなった。

エンジン音に気付かれないように倉庫とは反対側の道端を、回り込むように一〇〇メートルくらい走って、倉庫脇に隠れるようにバイクを停めた。

そこから壁づたいに走って見つけた。フェイロンの車だ。

車には既に人が乗っておらず、倉庫の大戸が開けられていたのでそこにフェイロンたちは入って行ったと思われた。

倉庫の外周を大戸と反対側に回り込むと人が何か作業しているのが見えた。気付かれないように積み上がっているパレットの後ろをとおって近づいてみる。

黒っぽい服装の男たちが岸壁につけられた艀《はしけ》から、陸揚げされた木枠で厳重に保護された重そうな荷物をダッジバンに積み込んでいる。雰囲気で何かヤバいものを移動させていることがわかったので、スマホのビデオモードで撮影して鷹山さんと大下さんへグループメールをした。ついでに私の位置を知らせるためにGPSモードにして送った。

もう一台の車から手足を縛られた二人の男が放り出された。アスファルトに叩きつけられて呻《うめ》き声を上げたが、すでに相当痛めつけられたのか顔も体も傷だらけだ。確信は無いが大下さんと最初にホテル前で襲われたときの男たちに似ている。男たちの後から降り立った大男を見て体が強張った。カプリアイランドで襲って来た化け物のような男だ。耳が尖っていて悪魔のように見える。ここからすぐに離れなくては、と彩夏は直感した。しかし、一方ではフェイロンの尾行を続けて鷹山さんと大下さんに報告できる成果を挙げなければと思う。今日私は探偵で、二人を差し置いて独断で潜入調査をしているのだから。

パレットの山の裏に出入りできそうな錆《さ》びついたドアを見つけた。ドアノブを、軋み音を立てないようにゆっくり廻してみた。鍵は掛かっておらず、押すと倉庫内側に開いた。

倉庫の中は暗かった。その構造は大きな建物の内部が鉄の仕切りにより二つに分割されていた。隣の空間から灯りが漏れているので、光に向かって足音を立てずに進んでいく。と、大戸の方向から倉庫内部に車が走り込んできて止まり、ドアが開閉される音が聞こえてくる。そして誰かが会話を始めたのが微かに聞こえてくる。

彩夏はさらに三〇メートルほど先にある鉄の仕切りに近づくと耳をそばだて会話を聞こうとした。鉄板に節穴のように空けられた通風口からビームのように光が漏れて、埃が舞うのを浮き立たせているところにスマホの撮影レンズをくっつけて、隣の空間で行われていることを探ろうと考えた。いっそのことこれを動画中継してやろう。グループＬＩＮＥに動画を送ることにした。探偵さん二人はより細かくこちらの状況を把握できるはずだ。

34

彩夏からＬＩＮＥ着信あり。

鷹山と大下はフェイロンビルの駐車場近くにある運転手控室にフェイロンの運転手がクライスラー

ごといないのを確かめた。フェイロンは不在だ。であればビル周辺にはいないはずだ。イコール彩夏も周辺にはいないと考えられる。仕方なく元カプリアイランド周辺を車で走ったが手掛かりはなく、早々に手詰まり状態になってしまったところだった。

「ヤバいな」

鷹山は動画を見て運転席の大下に説明する。

「これ、カプリで襲ってきた連中だ。コンポジション4!?」

鷹山はさらに動画を拡大して男たちがダッジバンに積み込んでいる木箱に刻印された文字を読み取った。

「ユージ、こいつらC-4を、かなりの量だ。ビル一棟吹き飛ばせるくらいの」

「プラスチック爆弾か。彩夏、無茶しやがって。どこだ?」

「横浜上三埠頭《よこはまかみさんふとう》」

「OK」

大下は車線を右に変更して交差点でUターンするとアクセルを踏み込み埠頭に車を向ける。

一五分かかるか？　パトカーならば半分の時間で行けるのに、一般人であることのまどろっこしさを痛感しながら、一〇分は切ってやるとステアリングを操る大下だった。

「ユージ、彩夏から現場中継だ」

大下は横目で鷹山の手元を見ながら運転していると、カーブで膨らみ危うく隣の車と接触する寸前でクラクションを鳴らされる。

「ユージ運転に集中しろ」

「タカ、言ってる場合か。俺のスマホでトオルに連絡しろ。トロイ動物の手も借りたい、だろ」

鷹山は手元の動画を見ながら大下のスマホで町田に電話した。

「トオル」

「大下先輩？　あら鷹山先輩？　どっちでもいいですけど。二人のおかげでこれから県警本部長出席の会議に呼び出し食らって大目玉ですよ多分」

「それより海堂が埠頭にプラスチック爆弾を集めて悪さをしようとしている。そっちにこそ大目玉食らわせてくれ。場所は横浜上三埠頭ハイドニックの自社倉庫あたりだ」

「プラスチック爆弾！」

「トオル早くしろ！」運転しながら大下が叫ぶ「彩夏がそこにいる」

「奴らテロを企てている可能性がある」

「わかりました。私はもうトロイ動物とはさらばしているところをお見せしますよ」

トオルのやつ俺たちの会話を聞いていたのか？　と二人は思った。

35

彩夏は通風口をスマホで塞ぎ、倍率を拡大して動画中継を始めた。

さっきの音から推測すると、入り口から倉庫内に走り込んできたのはあの大きな白いベンツだ。そこから降り立ったのであろう男、襟足をきちんと刈り上げ前髪は櫛を入れて整えられた髪型をした、スーツ姿の若いビジネスマンのような男が見える。他の男たちはボディガードなのだろう、屈強体躯の男たち数人を従えている。

「海堂、どういうつもりだ」

追跡してきたフェイロンという男が女性を守るように前に立ちベンツの男たちと対峙している。

「横浜爆破テロをハイドニック社の情報収集能力と優秀な警備システムで未然に防ぎました、なんていう甘いストーリーではインパクトないだろ」

「だからといって、一歩間違えば、関わりのない多くの人が犠牲になる」

フェイロンが強硬に反対している計画というのは、大きな爆破テロなのか。さっきの荷物は爆発物なのだ、と彩夏は理解した。フェイロンの表情とは対照的に、冷徹さを装っているがどこか子供じみた微笑みを浮かべている海堂と呼ばれた男に不気味さを感じた。

「新カジノ構想と民間特別警備会社は両輪の事業だ。カジノで起こるであろう外国人や特殊詐欺犯主導の強盗事件はこれからも頻発する。それを完璧に抑え込む警備体制。いずれ我々ハイドニック社は日本で初めての民間武装警備会社になる。もう日本の腰抜け政治家にはアメリカの兵器関連会社のロビイストからいい匂いがする香水をたっぷり嗅がせている」

立て板に水の如くジェスチャーを交えて大衆の前で演説をするようにフェイロンに言い放つ海堂は、小学生のときにNHKの第二次世界大戦のドキュメンタリー特集番組で見た、ヒトラーが高々と手を民衆に差し伸べるモノクロ映像を思い出させた。狂気じみた怖さを湛えた、それでいて口元に少しだけ髭を、滑稽に見えてしまうのに、蓄えた男。あの頃、子供ながらに彩夏が感じたことを。

「筋書きはこうだ、テロ実行犯の存在を独自の情報網で察知したわがハイドニック社が神奈川県警に情報提供するが、証拠が揃っていないので警察としては動けないという。であればテログループのメンバー同士で仲間割れするようにハイドニック社が工作して悪党どもを相打ちにさせる。ところが時すでに遅く、爆発物はドンッ！」

海堂の手振りはさらに大きくなり、何かに酔っているかのように見える。

「これで横浜に、日本に、いや世界中にインパクトを与える。無能な日本の警察より我がハイドニック社であればこのテロを未然に防ぐことができたのではないかという世論が、自然と広がるように情報を操作する」

「死人が出てお前はもう終わりだ」

「我が社は情報収集と仲間割れさせる情報操作にしか関与しない。第一、私は捕まらない。私が捕まっていろんなことが明らかになると困ってしまう連中が日米両方にいるからね。実行犯は用意してある。フェイロン、君にも大きな役を演じてもらおうと思っている。だからわざわざ来てもらったのさ」

36

海岸通りにある神奈川県警察本部庁舎、その高層階にある会議室では県警本部長出席のもと懲罰委員会の前段階となる第一次聞き取り調査会が行われようとしていた。警備部長ほか県警の上層部が顔を揃えている。

対象は港署捜査課課長町田透警部である。

県警本部で統括している連続殺人事件の捜査を許可なく行い、しかも捜査の一部を一般人に協力させたという疑義についての聞き取りである。

「それでは今から町田透警部に関しましての職務規定違反の疑いにつきまして……」

町田は議事を進行しようとしている刑事部長の八木沼を無視して発言する。

「今、情報が入ったのですが、ハイドニック社社長海堂巧が大量の爆発物を移動させようとしています。爆破テロの疑いが十分ありますので、すぐに逮捕状を請求してください」

「なに言い出すんだ。状況をわきまえろ。第一どこに証拠があるんだ」

気色ばんだ八木沼が町田にそれ以上発言をさせまいと割って入る。

幹部連中が一斉に発言する。

「相手は海堂社長だ。いい加減な情報で動いたら大変なことになるぞ」

「海堂社長には触るな」

「町田、謹慎や減俸で済むと思うなよ、懲戒免職もありうるからな。第一、大量の爆発物ってどっから持ち込まれたんだ」

町田は本部長のみを見据えて、

「恐らく海堂の養父はアメリカ軍の関係者なので、何らかのルートで持ち出したんだと思います」

「そんなことできるはずはない」

町田は昔、横須賀基地の海兵隊員に日本の美しい女性として薫を紹介する代わりに米軍の武器を持ち出させて鷹山と大下に渡したことがあると言おうとしたが、やめておいた。

「今、港署総員で現場に向かっています。海堂を緊急逮捕することも状況によっては可能です」

他の幹部が口を挟む。

「すぐに中止しろ。緊急逮捕ってどういうことだ」

「俺の忠告をなんだと思ってたんだ、町田」

八木沼が詰め寄る。

町田は「ふざけんな」と「もういいや」という二つの感情が自分の中で化学変化を起こして、震えるほど拳を強く握りしめていることに気付いた。

結論は出ている。もう誰にも止められないぞ。

町田は市民の血税で購入された黒光りした会議テーブルの上にいつの間にか立っていた。

「捜査を中止しろだと、お前らそれでも警察か！　海堂は逮捕する！　絶対に逮捕できる！」

ああ、言ってしまった！　ちょっと盛り上がりすぎたか。すぐに反省してテーブルから降りると付け加えた。

「鷹山先輩と大下先輩なら」

「鷹山、大下?!」

会議出席者たちが一斉に声を上げる。

「何言ってんだ、あの連中と心中するつもりか町田」

八木沼は町田を羽交締めにして動きを止めようとする。

「それなら、すぐに辞表書いてもらうからな」

「邪魔するな」

と八木沼を振り払い、積年の思いを込めたパンチを顎に決めた。

ボクシングのKOシーンのVTRのようにゆっくりと八木沼はリングならぬ会議室の床に沈んだ。

「本部長！　県警が動かないなら、三代目港署捜査課長、町田透、わたくしが全責任を取ります」

一瞬夢見たリッチな老後は消え失せた。しかし、町田は自身の言動に酔うことができた。

「とことん、酔ってみろ」と自分の中で刑事の魂が叫んでいるのがはっきり聞こえた。

あら、この叫びは鷹山と大下が遠くから言わせているのでは？　という気もした。

いやいや、乱心ではない。切り札を切っただけさ。

37

彩夏は必死に息を静めようとしたが、目の前で繰り広げられる光景と、これから起こるであろう悲劇的な展開の予感に呼吸が浅くなり、鼓動も速くなってきた。さっき車から投げ下ろされた傷だらけの二人の男が、後ろ手に拘束されて、黒ずくめの男たちに連れてこられたからだ。その後ろには悪魔のような耳の形をした大男がいる。大男の手下たちが傷ついた男たちを倉庫の中央に跪かせた。人質となって無理やり押さえつけられているのは、見覚えのある顎髭を生やした短髪と、背の低い長髪の男だった。やはりホテルで私とユージを襲ってきた中国人だ。

「酷いことしやがって。すぐに二人を解放しろ」

フェイロンは堂々と海堂に抗議した。海堂の不気味な笑いは口元から頬に広がるばかりかと見えた瞬間、表情は一変して冷酷な薄皮を纏ったように見えた。

サッと腕を振る。

大男がハンドガンを取り出した。

「よせ」

フェイロンの叫びは二発の銃声にかき消された。

跪かされてかろうじて起きていた上体がアスファルトに倒れて、一瞬にして男たちは二体の骸《むくろ》になった。

フェイロンと運転手は同時に懐から拳銃を取り出して海堂に銃口を向けた。女性は後ずさったがそれは無意味だった。海堂の盾になっているボディガードたちも大男とその手下も一斉に拳銃を取り出しフェイロンと運転手、そして女に向けたからだ。銃の数は二対六、一二時と四時の方向に敵がいて、フェイロンたちは圧倒的に不利だった。

それでもフェイロンは怯まず照準を海堂に向けていた。

「撃てよ、撃ってみろよ」

海堂は銃を持たずに前のめりになって顔をフェイロンに突き出し挑発した。

フェイロンの顔がみるみるうちに紅潮し引き金に掛かる指に力が込められようとした瞬間、悪魔の耳を持つ大男とその手下が発砲した。フェイロンは銃を弾き飛ばされ腕を押さえて膝から落ちた。運転手は仰向けに倒れてすぐに動かなくなった。そして女は手で頭を覆って体を硬くして悲鳴も出せない。しかし無傷のようだ。

フェイロンは呻き声をあげながら海堂を睨みつけて出血している腕を押さえながら必死に立ちあがろうとする。海堂は足元に転がったフェイロンの銃を取り上げると躊躇なくフェイロンの太腿にさらに一発撃ち込んだ。倒れ込んでもんどり打って悶えるフェイロンに近づいていくと、銃を構えたまま上から見下ろした。

「お前はテロの首謀者役にピッタリだよフェイロン。同胞で仲間割れを起こして相撃ちというシナリオのな」

さらに腹に一発撃ち込むとフェイロンは痙攣を起こした。

「ステラ、これからは私と組めばいい」

ステラはフェイロンに駆け寄ろうとしたが黒ずくめの男たちに押さえられた。

あまりに衝撃的な光景で手の震えが止まらない。

「しまった」

ガタン、と大きな音がした。スマホを落としてしまった。

鷹山たちへの中継はそこまでだった。

スマホを拾い上げるとドアに走った。大男が中国語で何か指示するのが聞こえる。私は追われるのだ。なんとかバイクまで走って逃げるのだ。

しかし、バイクを遠くに置きすぎたのをすぐに後悔した。ドアから出て数歩のところで黒ずくめの男の一人に捕まった。片手で腕を後ろに固められただけなのに全く抵抗できなくなり、もう片方の手で肩を押さえられただけで木偶《でく》のように歩調までコントロールされて海堂の前に連れてこられた。

「どこかで見た女だ」

と悪魔耳の大男が言った。

「鷹山と大下と一緒にいた女です」

海堂に伝える。

はっ、とステラが私を見たような気がした。

ポケットを探られスマホを取り上げられた。海堂に差し出されたスマホには私がタカとユージに連絡した形跡が残っている。まずい。尾行失敗だし探偵失格だ。

そのとき、遠くからパトカーのサイレンの音がしてきた。

「お前の仕業か」

海堂がスマホを投げ捨て「殺せ」と指示した。私もこうなるのだと思って目の前のフェイロンを見遣った。不思議なことにフェイロンは泥に塗れたように血だらけになり虫の息なのに、私のことを優しい目で見上げていた。いや気のせいだろう。

「待って。その女、利用できるわ。鷹山・大下のクライアントよ」

ステラは彼女を押さえていた男の手を振り解《ほど》き海堂に訴えた。

「あいつらの弱点になるのか」

「きっと」

「二人には関係ないわ」

思わず叫んでしまった。

「警察がもう近くまで来ているわ」

ステラは近づくと平手打ちをして私を黙らせた。頬がカッと燃え上がった。

「一緒に連れて行け」

海堂は悪魔耳に指示し、悪魔耳は人差し指と中指でサインを出すと、部下たちは敏捷さを競うように動き出した。

三体の生命を失った男たちと、おそらくその仲間に加わるであろうフェイロンを残して、息をしている男たちはそれぞれ車に向かっていく。

ステラはそっとスマホを拾い上げて彼らの後を追ってベンツに乗り込んだ。

私は手足を拘束され猿轡を嵌められダッジバンの荷台に寝かされた。目の前には海堂が言っていたテロ用の木箱が積まれていた。そこにはCOMPOSITION4と刻印されているのがはっきりと認められた。

ダッジバンは急発進して振動が強く体を揺すった。

38

横浜でも新しい最大級の埠頭である上三埠頭に入り、さらにスピードを上げてGPSをたよりに彩夏を追ってきたが、途中で通信が切れた。入り口近くの倉庫の並びの一角にハーレーを見つけてBMWを停車させたが、本人の姿はない。

「この先は行き止まりのはずだ。すぐ見つかる」

倉庫沿いを再び走り出そうとすると、

「ユージ、あれ」

フェイロンの車が倉庫と倉庫の間に停まっている。彩夏を追うか？　その前に状況を把握できるヒントがあるか？　一瞬、二人は迷った。

「どうするタカ」

「行ってみよう」

倉庫の入り口で車を急停車させ飛び降りると、中に男が数人血を流して倒れているのが見えた。

鷹山と大下は駆け寄って確かめる。正確には四人で、二人はホテルで大下を襲った男たち、もうひとりはフェイロンの運転手だ。すでに息絶えている。

そして一番奥に倒れているのはフェイロンだ。

「フェイロン！」鷹山が呼びかける。

うつ伏せに倒れているフェイロンを大下が仰向けに抱き起こすとまだ微かに息がある。

「フェイロン、しっかりしろこんなのチクッとされただけじゃないか」

「チクッとじゃないよ」

大下のジョークにフェイロンは残りの生命力を使って返した。

「彩夏は？」

「海堂が連れて……奴はテロを」

「いつだ？　ターゲットは？」鷹山が問い質す。

首を振ろうとするがフェイロンはうまくできない。

「しっかりしろフェイロン」二人が声を掛けると、

「ステラもいっしょ……」

「夏子だろ」

「違うよ、鷹山さん。あなたやっぱりロマンティストだ」

「嘘が下手だな、悪党」

フェイロンは笑おうとして口角を上げかけたが、引き攣った口元から鮮血が溢れた。

そして二度と笑わなかった。

「フェイロン！」

鷹山が叫んだ。

「タカ、急ごう」

倉庫から外に出ると遠くのほうからパトカーのサイレンが聞こえてくる。

「奴らの到着を待とう」

「丸腰じゃ勝てない相手だ」

ため息を吐いた。

響いてきたのはサイレンの音だけではなく懐かしいエンジン音だった。倉庫の向こうからスピードを上げてゴールドの車が走ってくる。

レパードだ。

そして運転しているのは町田。わざと鷹山と大下が立っているギリギリで急停車させてみせた。

「お待たせしました」

車から降りると今度はもったいつけて、手にした封筒からゆっくり書類を取り出して、二人の目の前に一通ずつ突きつけた。

「逮捕状か?」

「よく見てくださいよ」

「近すぎて見えない」

「字が小さすぎるんじゃない」

「鷹山敏樹殿、こっちは大下勇次殿、神奈川県警本部捜査課に復職、通常勤務を委嘱する　神奈川県警本部長」

大きな声で町田が読み上げる。

「復帰って？」

「トオル、これって芸能人の一日署長に使う奴じゃねーのか？」

「緊急事態ですよ。贅沢言っている場合ですか。ね、ハンコも押してあるし、本物です」

「ってことは」

「そうです！　一日だけ『あぶない刑事』に戻れるんです！　どうぞ」

町田は二人を手招きしてレパードのトランクを開けてみせる。

顔を見合わせる二人の前に町田からの素敵なプレゼントが現れる。

コルト・ガバメント、レミントンM31ショットガン、S&W M10それにM49ボディガードまでご丁寧に揃えてある。弾丸も「残りの弾丸《たま》の数と相手の数がまったく合いません」とならないように、たっぷり用意されている。

「どうしたんだこれは？」

「反社か？　米軍基地か？　それとも」

「薫先輩が辞めちゃった後で重要物保管倉庫にあった銃器類を廃棄するのがもったいなかったんで」

「相変わらずあぶない後輩だ」

「もちろん先輩たちには負けますけど」

積んであるハンドガンやショットガンを手に取って、大下は「一日署長みたいなタスキはなくて大丈夫なのか？」と軽口を叩き、鷹山は「トロイ動物も一日返上だな」とフォローになっているのかいないのか……。

でも町田は少し、いや、かなり嬉しい。

昔とちっとも変わらない、窮地に立ってもクールで、敵に向かっていくときでもジョークを忘れない二人！　この二人なら絶対、事件を解決してくれる。

町田は「一生ついていきますから」なんて歳でもない、けれどまたそんなことを戯れにでも言いたい誘惑に駆られた。

「余計なことしやがって、俺たちは刑事《デカ》に戻りたいわけじゃないぞ」

言いながら大下は拳銃に弾丸を込める。

「海堂を倒し、彩夏を助けるためには、武器を思う存分使えないと」

鷹山はショットガンをポンピングしてチェックする。

「思う存分やっちゃってください。でも十分気をつけてくださいよ。なんだかんだ言っても二人ともいい年なんだから」

「トオルわかってないな。人生の黄金時代は老後にある。俺たちは日々生まれ変わっている。だから、いまが一番若いんだ」

「そういうことさ」

「ユージ、先に行ってくれ。すぐ追いつく」

「大下先輩、一応、警察無線も生かしておいてくださいね」

「了解」

大下はレパードに乗りシートとステアリングを素早く調整すると、わざと急発進させた。タイヤが軋んでアスファルトをグリップすると驚くほどの加速を見せた。

「フェイロンがやられた。倉庫の中だ。海堂は彩夏を連れ去った。あとは頼むトオル」

鷹山は彩夏のハーレーに跨るとエンジンを始動させた。ヘルメットも被らずにトオルに軽く敬礼をするように指を掲げると、急発進させて前輪を一瞬浮かせてレパードを追って走っていく。

町田はその様子を暫く見ていた。野生動物を野に放った感じがした。鷹山と大下という「刑事」を見るのはこれで最後だろう。

町田は胸の内ポケットを確かめた。

そこには封筒がもう一封、自身の「辞表」が入っている。

39

彩夏は後ろ手にされて手首と両足を拘束されていた。何度か必死に解こうともがいたり、ダッジバンの鉄の床に擦り付けてみたが無駄だった。そのとき足音が近づいてきて後部ドアが開く音がした。その方向に体を捻《ひね》ろうとしたがなかなかうまくいかない。そうしているうちに誰かが荷台に乗り込んできて抱き起こされた。

猿轡を外してくれたのはステラと呼ばれたあの女だった。

そして、なぜかじっと見つめられた。

どう話していいかわからない。「ありがとう」を言うべきか、まず「なぜ？」と問うべきか。ステラは唇に人差し指を当てて「喋るな」とジェスチャーで伝えてきた。手首と足の拘束バンドも外してもらい体が自由になると思考もしっかりしてくる。早くタカとユージに知らせなければ、スマホは奪われたままだ。この状況をどう脱したらいいのか？

そのとき、ステラがポケットからスマホを取り出し、彩夏に差し出した。半身を起こして電源を入れるとGPSが機能しているのを確認した。

鷹山に電話しようとするが、その手をステラが押さえた。

どうしてこの人は自分たちの位置がわかるような危険を犯すのだろう。

ステラは彩夏を抱き起こし、顔を耳元まで近づけて「早く。逃げましょう」と囁《ささや》いた。

香水？　いい香りが彩夏の鼻腔に広がり「ある思い」を嗅ぎ取らせた。この人は最初から私を助けようとしていたのではないだろうか？

「さあ、隣のコンテナヤードまで走るのよ」

強く囁かれた言葉が深く耳の奥まで響いた。


ＧＰＳが再び動き出した。

警察無線のマイクを摑んだ大下が叫ぶ。

「こちら港三〇三、彩夏の位置は上三埠頭の一番奥だ」

「こちら剣崎、了解です」

町田が替わって、

「町田以下港署捜査課は上三埠頭入り口を完全封鎖します」

「埠頭の中で決着つければいいんだな」

「そういうことです。どうぞ」

「簡単に言うな」

「奴ら、埠頭の先から船に爆弾を積み替えてテロを行うつもりでしょうか？　えっ、なんだって？」

と通信が切れ切れになる。町田が再び、

「うちの、若いモンの情報では、自動運行バスの実証実験基地があるそうです。バスに爆弾を積んで市内に突っ込ませるって可能性……」

「ありだな」

横浜では新交通システムの研究が盛んで、ＡＩ技術を利用した自動運転バスは公道でも実証実験を終えて運行可能な状態になっているのだ。その基地が広大な上三埠頭の奥にある。

大下は無線を切って、やな予感を振り切るために、レパードのアクセルを思いっきり踏み込んだ。

もし、彩夏が自動運転バスに乗せられていたら爆発させて止めることはできない。

ステラと彩夏は広大なコンテナヤードに逃げ込んだ。海堂一味に見つからずにこの埠頭を抜け出せればゴールだ。

それぞれのコンテナはコンテナ船への積み込み、コンテナ船からの荷下ろしの作業のために配置され積み上げられているので、ひと昔前の団地のように、あるいはショウケースに並んだお菓子みたいに、整然と並んでいるわけではない。むしろフラクタル模様のごとく、あるいはリアス式海岸のように凸凹に、回路のように、迷路のように、並び積み上げられているのだ。ステラと彩夏はそれらコンテナが作り上げた、人一人通れる程度の隙間を通り抜けていく。だんだんと遠くから聞こえる警察のサイレン音が多くなってきている気がする。安全地帯はもうすぐだ。

「こっちよ」

ステラが彩夏の手を取って方向を示した。手の平が触れ合った瞬間、ステラは衝動的に彩夏を抱きしめてきた。そして彩夏の瞳をじっと見つめて、

「ごめんね。怖い思いをさせて」

「あなたは？……」

「さあ、行きましょう」

疑問符を打ち消すようにステラは言って、何かを吹っ切るように再び走り出す。

二人が隘路《あいろ》から広場のような空間に出たとき、悪魔耳と手下たちが反対側のリアス式海岸の入江のようになっているコンテナの陰から飛び出してきた。

「止まれ、そこまでだ。逃げられない」

「行って、早く。決して振り返らないで」

ステラは彩夏と悪魔耳の間に立ち、彩夏を逃がした。

彩夏は戸惑いながらもコンテナの角を曲がって聞こえてくるパトカーのサイレンの方向に走ろうとした。瞬間、背後で銃声が聞こえた。

状況はわからない。けれど、あの人が言ったとおりに、走らなければならないと思った。

コンテナ間の入江を必死にチェックしながらレパードを走らせていた大下は、運転席からその銃声を聞いた。

すぐ近くだ！

少し離れた回廊にいた鷹山もその銃声を聞いて、彩夏のハーレーを乗り捨ててホルスターからコルト・ガバメントを抜いて走り出した。

大下はコンテナに囲まれた子供向けの草野球場くらいの大きさの広場に差し掛かったときに、人が倒れているのを見つけた。大下は急ハンドルを切り、その三〇メートル手前に停車した。

ステラだ。だが、動かない。

その向こうに、カプリアイランドで襲ってきた大男、さらに奥から海堂がステラに近づいてきている。

「ウォー！」

大下は叫んだ。

鼓動が一気に高まり、ハンドルを放して拳銃を引き抜くと、窓から身を乗り出して怒りの銃弾を続けざまに放った。

大男と海堂は発砲しながら、ギリギリのところで大下の弾丸を避けてコンテナの陰に逃げ込んだ。

同時に大男の手下が左の回廊から撃ってきた。大下は素早くレパードから降りて応戦する。反対右側の回廊では彩夏を手下が追っていくのが見える。

ステラの様子を見たいが、今は彩夏を助けるべきだと咄嗟に判断した大下は、彩夏を追っている手下を狙い撃ち、一人を倒した。そして彩夏が入って行った回廊を先回りした。大下は何とか逃げる彩夏に追いつき、手を引っ張って敵の視界から隠した。

「怪我はないか?」

「大丈夫、それよりあのひとは」

大下の胸に抱きつき、彩夏は後ろを気にしながら訴えた。

「あのひと私を助けてくれたの」

「ステラか」

大下は本当のことを言ってしまおうかと思った。

『彼女は君の母親、夏子で』

思った瞬間そうしたいのを止めた。

『そして、隣のブロックの向こう側で撃たれて倒れている』

と絶対続けたくなかったからだ。

まず彩夏を無事に安全なところまで避難させなければ。そうしなければ夏子に申し訳が立たない。

敵は右と左両方から撃ってくる。彩夏がいい走りをしていたことを思い出した。

「一発ずつ撃ったら、それを合図に走るぞ」

大下は回廊から半身を乗り出して左、右と連続で弾丸を放ち、全力疾走でコンテナの入江を突っ切ろうと走り出す。彩夏を心配したが難なくついてきていた。もちろん走るフォームは自分にそっくりだと再確認した。

反対側の狭い回廊に逃げ込めば一対一でひとりずつ敵を倒せると大下は考えた。そして、人ひとりしか入れないコンテナの隙間に彩夏を隠して相手を待った。が、襲ってこない。うまく逃げることができたのか？

三〇秒ほどの静寂の終わりに大下は一瞬頭上に影が横切るのを感じた。仰向けに倒れながら細い長方形に区切られた空から彩夏を狙って猛禽類のように降りてくるターゲットに弾丸を二発撃ち込んだ。

ドンという音を残して真っ黒な野戦部隊のような装備をした男がすぐ近くの地面に落ちた。

彩夏は驚いて悲鳴をあげた。今の悲鳴で他の奴らに我々の場所は気付かれてしまっただろう。敵が落ちてきたコンテナを這い上がって自分たちの位置を確認した。警察のサイレンが聞こえる方向ははっきりしているが、途中で待ち伏せされている可能性はやはり高いだろう。遠回りになるかもしれないがコンテナヤードに隣接する倉庫の中を通って目的地に近づくことに決めた。

鷹山は最初の銃声がした場所の近くまで来ていた。そして今、ユージの叫びと交戦する銃声が聞こえたのでその方向に走ろうとした。鷹山は広場のようになったところの手前に出た。そこに海堂が走り込んできた。

二人は二〇メートルも離れていないところに互いに銃を持って立っていた。

海堂は虹彩の色素の薄い瞳を見開いて鷹山を睨みつけた。

「そんなものまで持ち出して大丈夫なんですか？　探偵さん」

「お前こそ」

「私にはいろんな友人がいましてね」

「俺にも気の利く後輩がいてね」

「でも、撃てるんですか？　探偵のくせに」

「生憎《あいにく》だな。事情が変わったのさ。お前みたいな奴を撃つためにこの銃《ガバメント》はある」

互いに銃口を向け合いながら間合いを測り体を翻しながら引き金を引いた。

鷹山の弾丸は海堂の左足の筋肉を抉り、海堂の弾丸は鷹山の頬を僅かに掠めてすぐ後ろのコンテナに着弾した。鷹山はコンテナの隙間に飛び込み、振り返ってもう一発撃とうとしたが、別角度から援護射撃をしてきた大男に阻まれた。片脚を引き摺り逃げる海堂を庇いながら大男は退却していく。

鷹山は追撃しようとしたが、コンテナを回り込んだところで倒れているステラが視界に入った。海堂らが逃げた方向に銃を向けながらステップバックしてステラに近付いた。抱き起こすと胸から出血している。首筋に指を当てると微かに脈を感じる。

「夏子」

鷹山は呼びかけた。ステラは薄目を開けて微笑んだ。

「タカ、また迷惑をかけたわ、すべて私のせい」

「いや、もう話さなくていい」

「せめて……あの子を……」

「しっかりしろ」

鷹山はステラの腕を取って揺すったが、命の灯火が消えていくのが痛いほど感じられる。

「どうか、……お願いだから……私のことは言わないでね」

最期にはっきりそう言って目を閉じた。

鷹山は三〇秒ほどそのままいた。

この女をどう弔ったらいいのだろう？

夏子としてかナツコとしてかステラとしてか、今はもう眠って目を覚ますことのないこの女のことを……。

そのとき、銃声がコンテナ群から聞こえ、同時に彩夏の悲鳴も聞こえた。鷹山はコートを脱いだ。

そして丁寧に目の前の女にかけると静かに立ち上がり、悲鳴の方向に向かった。

40

彩夏と倉庫に入るとツンとコショウやターメリックなどの香辛料の匂いが鼻腔を突く。警察犬の嗅覚を惑わせるために香辛料倉庫は麻薬の隠し場所として最適だと、犯罪者がそんな奇策のために香辛料倉庫を利用しているという、若い頃聞いた噂を大下は思い出した。

その回想が終わらないうちに追っ手の足音を背後に感じた。物陰に彩夏を退避させてリロードしたS&W M10の照準を倉庫入り口に合わせた。一〇秒待った。そのとき、左から攻撃を受けて、相手の弾丸が右耳のすぐ後ろの壁に着弾した。咄嗟にコンクリートの床に転がりながら二発、銃声の方向に撃ち込むと、敵に命中して相手も床に倒れた。大下はゆっくり立ち上がったが、相手は床に横たわったままになった。

「彩夏、大丈夫か?」

蒼い顔した彩夏が物陰から走り出てきた。大下が盾になって彩夏を守りながら倉庫の反対側の扉に向かって進んでいく。ちょうど倉庫中央くらいに来たところで吹き抜けに辿り着いた。五、六階建てのショッピングモールのような巨大な吹き抜けは、荷物の上げ下ろしに便利な構造になっているが、彩夏を連れて通過するにはあまりに無防備で、隠れた敵から狙撃されるには格好の場所である。

大下は吹き抜け全体を見まわし、死角となるところに彩夏を誘導した。

「ここで動かず待っていてくれ、すぐ戻る」

「うん」

不安そうな顔で彩夏が頷くのを見た大下は、笑って肩を軽く叩いて吹き抜けに走り出した。途端に左上から銃声がして大下の足元に着弾した。大下は積んである香辛料の袋の陰に身を潜めた。

「あっぶねえ」

思ったとおりすでに敵のひとりは待ち伏せをしている。吹き抜けを囲む回廊のどこかに潜んでこちらを狙っているのだ。着弾した角度からすると三階か四階か?

俺なら高い所から狙ったように偽装して、あるいは一度は高いところから撃って相手を誘《おび》き寄せて二階で待ち伏せする。

ダッシュして内階段入り口に辿り着き、用心しながら階段を上がって二階に向かう。二階に着いたがそこには敵は潜んでいなかった。さらに三階へと進んでいく。そこまで狡猾《こうかつ》な敵ではなかったなと読みが外れて安堵した瞬間、回廊の四階から撓《たわ》んだロープが振り子のように下りてきて、その先に摑まっていた敵からダイブされた。後ろから組みつかれ、そのまま押されて右手をしたたかに回廊の鉄柵に叩きつけられた。

S&Wが手から叩き落とされて地上に落ちていく。スリーパーホールドで頸動脈の血流を瞬く間に止められた。

三秒で意識が白くなる。必死に体重を相手に被せて階段の踊り場の壁をキックしようと脚を上げた。なんとか届いた。こういうときは脚が長いのは得だぜ。そんな自慢をしている余裕はなかった。壁を蹴った反動で相手の背中を回廊の鉄柵にぶつけてなんとかスリーパーを外した。一度思いっきり咳き込んで空気を吐いた分だけ吸い込み酸素を肺に入れる。

起き上がった相手に左ストレートを見舞おうとしたが、右に避けられて脇腹に膝蹴りを喰らった。そのまま後退したのが悪かった。ハイキックを避けたときにのけぞったぶん体勢が後ろに傾きそのまま押し倒されてしまう。

上半身にそのまま乗られてマウントを取られ、パンチを繰り出され防戦一方だ。このままではやられてしまう。相手の右フックを両手で巻き込むようにして頭の後ろのコンクリートに加速させて叩きつける。ボキンという音がした。

「うっ」と相手は顔を顰《しか》めて呻き声をあげて拳を押さえた。

マウント体勢から抜け出して立ち上がった。大きく肩で息をしているのが自分でもわかる。歳は取りたくない。でも取ってしまった。今更しょうがないだろ。

吹き抜けの鉄柵を背にしてファイティングポーズを取ろうと思ったが、相手はそれより早くタックルを仕掛けてくる。咄嗟に横に避けて相手をうっちゃり鉄柵を越えて地上に落とそうとしたが、拳を痛めているはずなのに強烈な握力で腕を摑まれた。

「しまった」と思う間もなく、もつれるように一緒に落下した。三階といえども三〇メートル近くの落下だ。まともに落ちたら死ぬと思い敵を下にしようと足掻く。落下していく時間が長く感じられた。敵をなんとか蹴り飛ばした瞬間に地上に落ちた。

大下は積み上がったプラスチックパレットの端に肩から落ち、敵はコンクリートの地面に直接後頭部から落ちて動かなくなった。

最後には運がものを言う。

まだ俺には運があるということだ。

肩が脱臼したように痛かったが、何度か回すといける気がした。大谷翔平ほどではないが、スピードボールは充分投げられる。転げ落ちたパレット下に彩夏が走り込んでくる。

「あぶない！」

せっかく死角に隠れていたのに、大下が思った瞬間、激しい音と共に積まれているパレットを粉砕しながら彩夏の動きを追うようにマシンガンの弾丸が着弾する。弾痕が残した死の曲線がパレットに刻まれる。たまたま外れた。死線と人間が交わったら命はないということだ。二人はパレットの山の隣にあるフォークリフトの後ろに走り込んだ。続けざまに刻まれる死線は延長されてフォークリフトの大きな爪に当たって金属音を立てた。

さっき三階から落としてしまった銃を探したが目視できなかった。パレットの周辺にあるはずだ。拳銃を取り戻さなければ、このままではマシンガンの餌食になるのを待つだけだ。

「あそこに隠れていろと言ったじゃないか」

「けど、ユージが」

「俺は大丈夫だ。今度こそここを動くな」

大下は深い海にダイブするように息を溜めてパレットの山を飛び出した。数センチ後ろをマシンガンの弾丸の死線が追ってくる。拳銃があるはずのもう一つのパレットの山の裏側になんとか転がり込んだ。俺のS&Wはどこだ。

積み上がった香辛料の袋の山からヌラリと大きな影が立ち上がる。

予備の弾丸はローダーを沢山持ってきているが肝心の拳銃がない。きっとこの近くにあるはずなのに。と、一〇メートル先、パレットの山の端の下に銃のグリップが見える。体勢を低くして走った。ヘッドスライディングして滑り込む。そして銃を摑んだ。

気が付くと、大男は軽々と香辛料の袋の山から彩夏の背後に降り立っていて鳩尾に当て身を喰らわせた。糸が切れてしまった操り人形のように彩夏は大男の胸に崩れ落ちた。彩夏は香辛料の山の後ろから現れた手下に引き渡された。手下の男は彩夏を担ぐと驚異的な速さで走り出した。大下は追おうとしてパレットから体を出した瞬間に、いつの間にか再び香辛料の山に登った大男からマシンガンの死線の雨を降らされた。銃は取り戻したがこの雨はやがて俺の体に降り注ぐ。どうする?

そのとき、銃声と共に大男は山の後ろに倒れていった。

振り返ると鷹山がガバメントを構えて立っていた。

「ユージ大丈夫か?」

「彩夏が奴らに攫《さら》われた」

「どうして追わない」

「拳銃を忘れてきちゃってさ。おまけにあの大男が」

そのとき大きな影が鷹山の背後に浮かぶ。

「タカ、あぶない」

マシンガンが再び放たれて二人の至近距離に着弾する。

「生きていたのか。ユージ挟み撃ちだ」

「OK」と言うやいなや大下は左に展開していく。

鷹山は慎重に香辛料の山を右からまわり込んだ。

その背後に影が。

しまった裏を取られた!

「ドン」という銃音が谺《こだま》して鷹山の背後で大男が倒れた。

鷹山の正面に戻っていた大下が鷹山と重なっていた大男を撃ち倒した瞬間だった。

鷹山は動かなくなった大男を見下ろして「化け物が」と捨て台詞を吐いた。

「サンキュー」

今度は鷹山が言う番だった。

「わかっているだろ。借りはすぐに返す主義さ」

大下は答えて
「彩夏を！」

走り出そうとして大下が鷹山に声を掛けた。

「タカ、夏子は？」

立ち止まった鷹山は振り返り大下の目を見ながら首を横に振った。

「そうか」

すべてを理解した大下は目を瞑って一瞬黙禱するような姿勢になる。

そして目を開けると力のこもった声で言った。

「逮捕するのは止そう」

「ああ、海堂を退治するんだろ」

鷹山が答えた。

二人は怒りを胸に走り出した。

41

彩夏が再び両手を拘束され口にガムテープを貼られたまま生き残った最後の手下によって運び込まれたのは埠頭の一番奥にある駐車場だった。そこには定期運行バスの運転手のための小さなプレハブ建ての詰め所があり、普通バスの二分の一くらいの大きさのミニバスが一台停められていた。

意識を取り戻した彩夏は、声を出せないもどかしさがあるが、目の前で起こっていることとこれから起ころうとしていることを備《つぶさ》に記憶しようとしていた。「私はいま探偵の仕事をしているし、もしかしたら元刑事の娘かもしれないのだ」と自分に言い聞かせることによって冷静さを保とうとした。そうすることでタカとユージと繋がっているという気持ちが勇気を奮い起こさせた。

ダッジバンが横付けされC４爆弾がミニバスに移し替えられていた。

バスの電光表示は「桜木町駅前」となっていて、客席は二〇席に満たない。普通の運転席の横に大きな鉄製の箱があり、おそらくそれが人型ではないにせよＡＩ搭載ロボットで自動運行を制御している装置であろう。とはいえ、試験運行の場合は人間の運転手が運転席に座って始発と終点を担当していた。

彩夏は軽々持ち上げられてミニバスの優先席に座らされ手足を固定させられた。運転席にいる運転手は帽子を目深に被って項垂《うなだ》れてる。一目で運転ができる状態ではないことがわかる。息をしていない様子だからだ。手下によりその死体は乱暴に運転席から引きずり降ろされて駐車場にうち捨てられた。なんて無慈悲で残酷なことをするのだと憤りが口の中に込み上げたが、それは発散されることがなく、目から涙が流れた。

「泣いているのか？」

男がバスに乗ってきて彩夏の顔を覗き込んだ。上半身はきちんとスーツを着ているのにズボンの太《ふと》腿《もも》は血だらけの包帯をしているというコントラストが、さっき見た殺人現場にいたこの男をさらに不気味な存在にして見せていた。この男が事件の首謀者なのだろう。

「お前が犠牲になることで、鷹山と大下が今度は泣くことになる、ああ、自己紹介が遅れた。私は海堂巧」

手下が戻ってきて、彩夏は上からさらに軍の医療用テープで椅子に括り付けられる。そんな手下の作業を見ながら海堂は話を続けた。

「世の中は連鎖する物語でできている。私の父は鷹山と大下に殺された。そして、今度はその娘が私に殺されようとしている」

海堂が本気で言っているのか？　笑えないブラックジョークを言っているのか？　表情からはまったく掴み取れないことに彩夏は戦慄した。

「我々は物語の中の住人にすぎない。果たして結末にサプライズが用意されているかどうか。楽しみだ」

言い終えると速度インジケーター隣の存在感のあるスイッチを押す。エンジンが始動して、海堂と手下が下車するのを待ってドアを閉じたバスは自動運転を始めた。上三埠頭の端から桜木町駅前終点に向けて、もはや長くはない命となった彩夏を乗せて。

倉庫地帯から走り出してきた鷹山と大下の視界に、その彩夏を乗せたバスが入ってきた。

「ユージ止めるぞ」

「俺がバスに乗り移る」

あとは言わなくてもわかる。

鷹山が停めてあったハーレーに跨りエンジンをスタートさせると大下はタンデムシートに飛び乗った。

ハーレーを運転する鷹山の肩に手に置いて大下は立ち上がった。

その様子を見て海堂と手下がダッジバンに向かった。

「あいつら。殺そうか」

手下は海堂の真意を表情からは探らずに言葉だけを命令として受けた。

ミニバスは時速五〇キロで自動運転されている。次の停留所は埠頭入り口で、すでにそこは港署捜査課が固めている。町田以下二〇人。彼らが命を懸けてバスを止めるしか市民を守る方法はなくなる。

海堂は大きな目的を持っている。それはプロパガンダだ。街中でテロを起こすことが大切なのだ。たかだか一日刑事が二人犠牲になったとしても、あるいは港署の現役警察官が爆死しても、「警察の仕事だから」「殉職だろ」と片付けられる。「警察のくせに防げなかったのか」「市民のために命を捧げるのが警察官だろう」と警察に批判が集中するような事態になるには一般人を巻き込まなくてはならないのだ。

鷹山と大下は、その野望を叩き潰すために、そして港署の後輩たちを守るために、次の停留所までに彩夏を救い自動運転バスを止めなくてはならない。

鷹山がギリギリまでハーレーをバスに寄せていくが、ＡＩが司る自動運転装置が危険を察知してハーレーと接触するのを回避するために走行方向を変えた。

「タカ、スピード出して、タッチアンドゴーの要領で一瞬だけ近づいてくれ」

「わかった！」

鷹山は一度バスから離れると、ハーレーでバスのまわりを一周しバス後方四時の方向にハーレーを位置させた。

「いくぜ、ユージ」

「ＯＫ、タカ」

バスと一定距離を保って走るハーレーが加速して鋭角的に小型バスにアプローチしたそのタイミングで大下が非常口の近くに飛び乗ろうとした。

そのとき、連続して銃声。

海堂がダッジバンで追いかけてきたのだ。時間がない、完全に接近することがないまま、大下はハーレーのタンデムシートを踏み切った。大きくジャンプして非常口でなく車体左前方に突き出たバックミラーの支柱にしがみついた。

鷹山はハーレーを大きく旋回させ、ダッジバンの左脇に回り込み、ハンドガンを抜いてダッジバンのタイヤを狙って連射した。海堂は助手席から運転手を盾に鷹山に応戦してくる。

その間に大下は片手で体を支えたまま至近距離から発砲して窓ガラスを破壊し、そこからミニバスの中に転がり込んだ。ガラスの破片を払いながらすぐに立ち上がると、彩夏の口のガムテープを外す。

「ユージ」

「もう大丈夫だ。脱出する」

「自動運転で街に突っ込むつもりよ」

「わかってる」

大下は彩夏の拘束帯を外して、後方座席に行くと積まれている爆弾が入った木箱をチェックした。

起爆装置の配線が付けられた箱が見つかる。こいつは慎重に扱わなくてはならない。そのとき、後ろから海堂のダッジバンが迫ってくるのが見えた。

鷹山がバイクをもう一度旋回させてハンドガンでダッジバンのタイヤを狙うが、止めることができない。おそらく特殊な防弾タイヤを履いている。鷹山はすれ違いざま両手を離して運転手に狙いを定め、最後の数発を放った。それは運転手の脳天を貫通してダッジバンは暴走を始めた。助手席の海堂は運転席側のドアを開けて死体を蹴り落とし血だらけのハンドルを握った。

加速してバスの脇をギリギリで通過するときに海堂は大下に叫んだ。

「撃ってみろよ。まだ荷台には爆弾が余っている。爆発したらお前たちも、警察も道連れだ」

海堂はダッジバンをバスの前に位置させた。バスに先行して埠頭入り口の町田たちの封鎖を突破しバスを街中に送り込むつもりだ。

鷹山はバスに並走する。流石に彩夏がバイクに乗り移るのは危険すぎる。

「タカ気を付けろ。ダッジバンにはまだＣ４が残っている」

「了解！　ユージ飛び降りられるか？　もうそれしか方法がない」

「先行するダッジバンを減速させれば、このバスも一瞬減速して方向を変えるはずだ、そのときに飛び降りる」

「わかった」

「タカのショータイムだ」

と彩夏に向かってウインクして見せる大下。

「飛び降りるのね」

「ああ、飛ぶんだ！」

ハーレーは急加速して、埠頭の出口に向かってパンクしたタイヤでも走り続けるダッジバンを追いかけた。大きく旋回してダッジバンの正面で海堂と対峙する。

走りながらフレームに引っ掛けてあったレミントンM31を取り上げ、ハーレーのスピードが安定する間も無くハンドルから手を離して両手で構えた。

「殺してやる」と叫びながら海堂が狂気じみた表情で片手で運転して片手で拳銃を撃ちながら向かってくる。

鷹山は最初の一発をダッジバンの正面に叩き込み、ポンプアップしてもう一発お見舞いする。レミントンM31の弾丸はフロントグリルを直撃する。ドンという音と共にボンネットが舞い上がりオイルに火がついたのか白煙が立ち上がる。海堂は視界が遮られダッジバンは減速する。自動運転バスも視界を失い減速する。

「いまだ！」

大下の合図で濃霧状態になった埠頭へ大下と彩夏はジャンプした。

鷹山はさらにポンピングして右前輪にターゲットを絞って連射。フィニッシュブローは車輪軸を破壊した。ダッジバンはさらに煙を吐きながら右に車体を傾けて弧を描き海に向かった。自走するミニバスは方向を失いダッジバンと激突した。激しいクラッシュ音がしてダッジバンが煙で空中に弧を描きながら頭から海にダイブした。ミニバスもダッジバンに押されるかたちとなり前輪を宙に浮かして埠頭から転がり落ちた。鷹山のバイクも白煙の中に突っ込んで行ってしまう。

「タカ！」

視界を失った大下と彩夏はアスファルトに転がったまま息を呑んだ。

そのとき、白煙の中からショットガンをポンピングしながら鷹山とハーレーが走り出てきた。

「助かったのね」

「もちろん。一日刑事でも『あぶない刑事』だ！」

安堵の涙と共に彩夏は大下の胸に抱きついた。

埠頭に風が吹いて霧のような煙は晴れていく。

海上に目をやると、海堂を乗せたダッジバンはすでに海に飲み込まれて見えなくなった。そのとき、水面が一瞬不気味に膨らみ直後に轟音と共に巨大な二つの水柱が立ち上がり、あたりに飛沫が降ってきた。

幾分傾いた太陽と反対側に大きな虹ができた。

「グッジョブ」鷹山と大下は親指を立ててサインの交換をして、虹を眩しそうに見上げた。

42

数日後、港署では町田を囲んで捜査課の刑事たちが談笑していた。

「本当に良かったですね。課長のご活躍で爆破テロも未遂に終わりました」

梨花が口火を切ると、普段はあまりおべんちゃらを言わない剣崎と宍戸も調子に乗って続ける。

「海堂もやっつけて、カジノの話も白紙撤回」

「これって、我々港署全員昇進してもバチ当たんないですよね」

「まあ、県警本部もやっと俺の価値をわかってきたんじゃないかなと」

「ということは」と剣崎。

「ということは」と宍戸がリピート。

「一気に本部長とか」と梨花。

「お前たち、本気で言っている?」などと冗談めかして受け止めつつも内心まんざらでもない、と悟られないようにしなくては、と思う町田であった。

「市民の命は地球より重く」「先輩たちの娘の命は宇宙より大切」という町田の無茶苦茶な説得に乗って、県警本部長が一般人である鷹山と大下に超法規的に一日刑事という辞令まで与えるという乱調極まりない決断をさせられてしまったこと。目の上のたんこぶであった海堂を、鷹山と大下が完全に排除してくれたこと。その二つが簡単に相殺できてしまったのがとても不思議だと梨花は思っていた。もっとも個人的な弱みをガッチリ握られていただけという疑惑も拭い切れないが。

剣崎によると、永田町の政府要人と警察のトップクラスがニュースの一報を聞いて万歳をしたらしいというまことしやかな噂がSNSに上がったらしい。

これだから大人の世界は魑魅魍魎《ちみもうりょう》が跋扈《ばっこ》し、ブラックボックスのなかで常識とは違う力学が働いていて、自分たちにはまだまだわからないことだらけなのだと、梨花は町田をおだてながら考えていた。だから町田の昇進などはないだろうなと考えつつも、事件を解決した晴々とした気分に浸りたいと、捜査課の、そして港署の全員が感じていることも間違いなかった。

「鷹山さんと大下さんを表彰しなくてはならないのでは？」

梨花が町田に聞いてみるが、

「先輩たちはそんなこと望んでいないさ」

そのとき、元町商店街のＷａｎｇ'ｓ Ｊｅｗｅｌｒｙに強盗が入ったとの警察無線が入る。

ワンさんのお店の警備がフェイロンの死で甘くなっているところを狙われたのかもしれない。絶対的支配者が姿を消すと、偽りに保たれてきた平和が一時的に揺らぐ。そしてまた新しい支配者が確実に生まれてくるのだ。いや、しばらくはまた戦国時代か。

特殊詐欺に飽き足らず、闇バイトで集められた素人が強盗《タタキ》をやることが流行っているいやな状況だ。犯罪においてもプロとアマチュアの垣根はひどく低くなってきている。

「さあ、先輩たち抜きでも凶悪犯罪を解決しよう」

「ハイ」

という爽やかな返事を残して三人は課長室を飛び出していく。

町田も捜査本部を立ち上げるまでもなく、すぐに梨花たちが解決してくれるだろうと考えながら、応接からデスクに戻ろうとしたとき、瞳が書類袋を大切そうに抱えて課長室に戻ってきた。

「課長！　知らないうちに調べてたんですね」

言いながら横浜ＤＮＡ鑑定技術研究所とロゴが入った封筒を差し出した。

「おっ、結果わかったか」

町田が封筒を開けて書類を見る。

瞳はデスクを回り込んで町田の肩越しに書類を覗き込んだ。

「あれ、鷹山さんと大下さんのじゃないんですか？　どっちが父親かって」

「ああ、ひとつは例の半魚人の化け物みたいな中国人のデータだ。現場に残された血液を鑑定に出したが、インターポールから国際手配されている元傭兵、その前歴は中国海軍特殊部隊シードラゴンの隊員で、黄凱《ファン・カイ》という名前だ。多分コードネーム。奴は日本への帰化申請を違う名前で行っていた。

こっちも偽名だ」

「そういう連中が国籍を取得するなんて怖いですね」

「いや、奴はもともと日本人を先祖に持っているらしい。このレポートにちゃんと、日本人のＤＮＡ傾向が出ているという記述もある。もともとというのは祖父が中国残留孤児で中国人に育てられた。父は中国人女性とのハーフ。本人は海軍に入隊したものの、多分ルーツが日本人だからということが大きく影響した結果、生還が困難な任務にだけ派遣されたみたいだ。もちろん、敵の支配地域深くから人質を奪還するなんて映画にもなった作戦が成功するたびに昇進し名前を揚げたけど、日本人に対する偏見とあたりのキツさは変わらなかった。それでアフリカの某国内戦に派遣されたときに有志の、これもまた少数民族出身で漢族中心の軍隊のヒエラルキーピラミッドの末端にさえ加えられる可能性がまったくない人間を集めた小隊が、まとめて脱走して行方不明になった」

「そうなんですか。そんな人が日本で死んでしまうなんて」

「ところが、まだ発表されていないが、奴の死体は結局発見されなかった」

「えっ、どういうことですか？」

町田は自分の憶測を含めてだがという前置きをして、県警にも行っているはずのこのＤＮＡ鑑定報告書を見て、本部長以下上層部は一連の連続殺人事件も爆破テロ未遂も、この黄凱が仕組んだもので、海堂巧も実は彼の手下のようなものであり、黄凱こそが首謀者であると結論づけるのではと話した。

それで米国からの批判を躱せるし、弱みを握られていたお偉いさんのリッチな老後も保証される。日本人という血筋に積年の恨みを持つ首謀者は、海から現れ海に姿を消した。まるで半魚人のように。

「はあ」

とあまり関心がなさそうな返事をした瞳は、

「では、もう一通が肝心の結果ですね？」

こちらには興味津々である。

「じつは、こっちは死んだステラ・リーが香港で行方不明になっていた永峰夏子で、コンテナヤードで見つかった死体の女が彩夏ちゃんの母親だったかどうか調べさせたんだ。彩夏ちゃんの亡くなったお婆さん、永峰スミ子さんの検体が長崎大学に保管されていたので一部細胞を取り寄せて。結論は完全に親子だった。二〇年前に香港で行方不明になった女性が突然現れて横浜で死んだということだ」

歌を捨てた日本人の歌手が、波乱に満ちた多難な人生を海外で送り事業を成功させた。

フェイロンが死んだ今、これからも詳細は明らかにならないだろうが、おそらく永峰夏子は香港に渡り、誰かの戸籍を獲得した。ステラを作り上げたのはフェイロンとフェイロンの香港ビジネスルートの者たちであろう。

「えっ、そっちも肝心の、どっちの娘？　の結果じゃないんですか？」

町田は聞こえていないフリをして瞳に、

「このことは先輩たちにはしばらく黙っておこうと思うんだ。彩夏ちゃんにとって、母親が死んでしまったことをはっきりさせることがいいのか少し考えるよ」

「なるほど、で、で、どっちが？」

町田は封筒を逆さにして、他に何も入っていないのを瞳に示した。

「どっちでもいいじゃないか」

「どうしてですか？　じつはみんなで賭けしてたんですよ。オッズは三対一で、鷹山さん。私、意外と、と思って大下さんに賭けたんです」

そんなことまでしていたのか、こんなギリギリの状況の中で。

「そんな、野暮ったいことはしないよ。どちらかが父親ってわかってしまったらつまらないじゃないか。二人が父親でいいんじゃないの。血なんて関係なくてさ」

「なるほど。さすが、課長」と最後に瞳はにっこりと笑った。

おべんちゃらで梨花たちに褒められるより、瞳に褒められたほうが心の底でしっくりくる。

ともかく、これで鷹山先輩と大下先輩には暫くは大人しく余生とやらを送ってほしいものだ。いや、やっぱりそれは無理かな？　犯罪者たちを誘う強烈なフェロモンは衰えていないからな。町田もついつい笑ってしまった。

「町田課長、やだ、思い出し笑いなんかしちゃって」

そう言われても、町田の笑いは止まらなかった。

43

埠頭に風が渡る。

最後にもう一度横浜を見ておきたいという彩夏の希望で、別れの場所はハンマーヘッドの九号バースになった。

「本当に行くのか？」

「ユージの顔が見られなくなるのは少し寂しいけど」

「探偵事務所には必ず可愛い秘書がいるもんだ」

「タカより男性のクライアントには優しく対応できるかもね……」

言葉が途切れて、風の音が三人の鼓膜を揺する。

「……横浜は素敵な街だけど、今は辛いの。私、このままでは気持ちの整理がつかなくて。一度長崎に帰ってよく考えてみる」

「部屋は空けて待ってる。なあタカ」

「ああ、好きなときに戻ってくればいい」

鷹山と大下は視線を交換し、お互い納得はしていないものの頷きながら、彩夏から視線を外して横浜港に溢れる波光を眺めた。

冬がすぐそこまできているのに、今日はインディアンサマーだ。

太陽の光が顔に射して痛いほどだ。

彩夏がいなくなったら横浜には本格的な冬が訪れるはずだ。

彼女がいた感傷的で熱狂的な日々が去ってしまうことの喪失感をすぐに味わうことになるだろうと、鷹山も大下もわかっている。

「夏子を見つけることができずに、ごめんな」

「……いいの。二人の探偵さんとの時間はとっても楽しかったから」

「でも、夏子はきっと世界のどこかで今でも素敵な歌を歌っているさ」

「きっとそうね」

大さん橋あたりからだろうか、遠くに出航の汽笛が鳴る。

ハーレーに向かう彩夏。

「じゃあ、いくね」

「それじゃあ」と大下。

「元気でな」と鷹山。

シートに置いたグローブに手を掛けようとした瞬間、彩夏は振り返り二人に走り寄って両方の腕を天使の翼のように目一杯広げて鷹山と大下の首に巻きつけるような格好で抱きついた。

ハグというにはとても強く、抱擁と呼ぶにはためらいが感じられた。

「さよなら。お父さん」

二人の真ん中、耳元で彩夏は囁き、体を離した。

ポカンとしている二人をよそに、彩夏はハーレーに跨りエンジンをＯＮにしてヘルメットとグローブを着けると発進させた。

「ユージ聞いたか、俺に向かってお父さんだって」

「ばか言うな。俺に向かって言ったんだ。俺には『おとうさ』までで、タカには『ん』だけさ」

「何言ってんだ、あのバイクの乗り方見ろよ、俺そっくり」

「あの身のこなしは俺そっくりじゃないか、絶対大下家の血筋だって」

「どこが血筋だって」

揉めはじめた二人を置き去りにして、ハーレーは一気に加速し埠頭を駆け抜けて小さくなって、やがて横浜の街に消えていった。

「ああ、行っちゃった」

「タカ、泣いてんじゃないのか」

「そんなに、センチメンタルじゃないさ」

「嘘が下手だな」

「ユージ、お前こそ」

不覚にも目頭のところに熱が籠る。

大下も鷹山も、お互い眼が少し潤んでいる気がした。

埠頭に初めて、そして急に冷たい風が吹き出す。

もう冬だ。

木枯らしが目に染みたせいにしよう、二人ともそう思っていた。

エピローグ

彩夏がいなくなって数週間、今日は浮気調査依頼の電話も、猫がいなくなったので探してほしいという近くのマンション住まいの老婦人の二日に一度の訪問もなく、暇な一日だった。

鷹山と大下はそれぞれ自分の部屋の片付けをしながら過ごしていた。事務所スペースの片付けはなんとか終わって、プライベートな空間をより住み心地よくなるようにと各々作業中だった。

外の通りから、ハーレー・ダビッドソンのエンジン音がして、それがビルの前に停車するのが聞こえたような気がした。

「あれ、もしかして」

二人がそれぞれの部屋で同時にそう思ってから、間をおかずに階段を駆け上がってくる足音、続いて事務所入り口のドアベルが大きく陽気な音を立てた。

最初に事務所エントランスまで踊るように駆けつけたのは大下だった。

「彩夏、やっぱり帰ってきたのか」と言いながら続いて鷹山が走りこんできた。

が、二人は固まった。悪夢を見ているのだろうか？

そこにいたのは彩夏でなく薫だった。

派手な化粧と今更ながら昭和を引き摺ったボディコン風のツーピースを着てランウェイを歩く一流

モデルを気取ってポーズをとって見せる。

「お待たせしました。真山薫参上。今日から探偵事務所に欠かせない美人秘書として活躍させてもらうわよ」

「お前、収監されたんじゃなかったのか？」

「不起訴よ、不起訴」ステップを踏み、踊りながら薫が応える。

てっきり彩夏だと思った二人は落胆し、あれだけ迷惑をかけたくせに能天気にしか見えない薫に少し腹が立ってしまうのを抑えながら、

「確かに秘書は募集中だったけど、すぐに本採用になる予定の子はいるんだ」

「だからもう間に合っている」

「そんなこと言わずに、綺麗どころが二人いたっていいじゃない。それに私たちって家族みたいなもんじゃないの」

「そりゃ付き合いは長いけど、家族じゃなくてさ」

「ただの腐れ縁ってやつ？」

「そうそう、ユージの言うとおり」

「あっ、そういえば昔、給料日前に助けてあげたのは誰かしら？」

「まあ昔はお世話になった」

「そうねえ、昔は薫も港署のマドンナだったし」

「ああ、花魁とか忍者スタイルとか、壊れる前まではファッションリーダーで可愛かった」

「私があんな格好に変身していたのはね、補導した暴走族の女の子、ほらレディースの頭やっていた、あの子のグループが更生して始めた貸し衣装屋さんのPRのためなのよ。このスーツもそう、今だから昭和ブームの最先端のものなのよ」

「そんなこと聞いたことないし」と鷹山。

「ただ壊れただけだと思っていた」と大下。

「ともかく、これがお気に召さなければまた昔の私にすぐに戻れるわ」

「昔はともかく、なあユージ」

「ああタカ、けれど今は？」

「けれど今は？」

鷹山と大下は顔を見合わせて、

「間に合ってます」

声も合わせて、言い終わらないうちに二人は勝手口から外に飛び出した。

ひとり残された薫は、

「またまた、本当は二人とも嬉しいくせに、照れ屋さんなんだから、もう」。

日本大通りに出た二人はしばらく全力で走った。

息が上がって胸が苦しい、もう限界だ。速度を緩めて、今度は軽くステップを踏むように歩道を走り抜けると、目の前に海が広がる。

開放された風景にさまざまな思いが遠くの雲のように湧き立つ。

まだまだ、さらに、これから生きていく、生きていかなくてはならない、喜びと、多分悲しみ、この歳になりながらも歓喜と苦杯とを味わってみたいなんて冒険心は、この街、横浜が支えてくれるはず。

そんなことを思いながら鷹山と大下は、空に向かって思いっきりジャンプした。

高くは跳べない、けれど宙に浮かぶ心の軽さは、若い頃とちっとも変わっていない。

着地のことなんか考えてないさ。

見る前に跳べってか。

あいかわらず、「あぶない」。

お互い様だ、いつまでも「あぶない」でいよう。

タカとユージの笑い声がいつまでも横浜の空に響いていく。


（了）

この物語はフィクションであり、
登場する人物名、団体名は実在のものとは関係ありません。

ノベライズ 帰《かえ》ってきた あぶない刑事《デカ》

2024年5月22日　第1刷発行

著　者／近藤正岳《こんどうまさたけ》
脚　本／大川俊道《おおかわとしみち》　岡芳郎《おかよしろう》

発行者／森田浩章
発行所／株式会社　講談社
〒112-8001 東京都文京区音羽2-12-21
電話　編集03-5395-3474
販売03-5395-3608
業務03-5395-3615
（落丁本・乱丁本はこちらへ）

印刷所／図書印刷株式会社
製本所／株式会社国宝社
装丁・デザイン／門田耕侍
協　力／市来満

KODANSHA

Printed in Japan　ISBN 978-4-06-535362-2
N.D.C.913 296p 19cm